강아지와 아기염소가 쓰는
서사시敍事詩

고재동 산문집
강아지와 아기염소가 쓰는 서사시 敍事詩

인쇄 | 2021년 6월 26일
발행 | 2021년 6월 30일

글쓴이 | 고재동
펴낸이 | 장호병
펴낸곳 | 북랜드
　　　　06252 서울 강남구 강남대로 320, 황화빌딩 1108호
　　　　대표전화 (02)732-4574, (053)252-9114
　　　　팩시밀리 (02)734-4574, (053)252-9334
　　　　등록일 | 1999년 11월 11일
　　　　등록번호 | 제13-615호
　　　　홈페이지 | www.bookland.co.kr
　　　　이-메일 | bookland@hanmail.net

책임편집 | 김인옥
교　　　열 | 배성숙 전은경

ⓒ 고재동, 2021, Printed in Korea
저자와의 협의하에 인지를 생략합니다.

ISBN 978-89-7787-027-7 03810
ISBN 978-89-7787-028-4 05810 (E-book)

값 13,000원

강아지와 아기염소가 쓰는 서사시

고재동 산문집

북랜드

우리 이야기가 책으로 나오나 보네? 강아지와 아기염소가 쓴 동화童話가 책으로 나온다니 부끄럽기도 하고 기대도 돼.

> 사나이 평생 세 번
> 운다고 배웠는데
> 코로나 시국에
> 사업 엎은 후
> 생목숨 끊고
> 훠어이 훠어이 떠난
> 나쁜 친구 놈 때문에
> 네 번 울 수밖에 없었다
> ―「귀로」

30대 젊은 사람이 태풍, 돌풍을 데려오더니 윗물로 뽑혀 세상이 들썩이네.

주인 엄마가 건강상 문제로 한 열흘간 집을 비운 것 때문에 내가 우울해하자 아빠가 나를 데리고 너에게로 왔지. 내가 앞장서 오긴 했지만. 너 염소, 여전하구나!

　코로나가 하루빨리 종식되고, 지구촌이 환경 오염에서 원상 회복되길 간절하게 바랄 뿐이네.

　너 염소, 이번 윗물로 뽑힌 젊은 사람이 너만큼 잘생긴 남자여서 좋아하는 것 아니야? 여자 윗물도 많이 뽑혔더라. 석 달 전 네가 우리 집에 오면서부터 쓰기 시작한 이 동화는 여기서 끝맺지만, 이 나라가 반석에 오르고 세상이 평화의 토대 위에 바로 서길 바라보자꾸나.

　　　　　　　신축 유월에
　　　　　　　　선돌길 언덕에서
　　　　　　　　　강아지와 아기염소가 적다

차례

두 달

시가 열리지 않는 나무

한 달

산이 품은 돌배

꽃
사
과
시
대

　'쑥은 백 가지 병을 구한다.'라고 기록될 만큼 쑥이 약
효가 뛰어나다면서… 혈액 순환을 촉진해 냉증 치료에
도 특효라고 하는데 무슨 쑥이 저렇게 남아돌아? 만병
통치에 가깝다면 남아날 리 없잖아. 지천으로 널린 게
쑥인데… 나는 오늘 종일 쑥만 먹어야 할까 보다. 염소
는 오래 살고 싶어.

　　닭들이 졸졸 뒤를 따른다
　　주인이 가는 길은
　　낭떠러지도 무섭지 않다
　　경험 않은 길

나는 꽃을 담고
닭들은 나무 밑에서
해를 쫀다
나무 위에서도
나무 아래에서도
신세계가 펼쳐졌다
닭이 먹다 남은 해가
서산에 기울었는데도
꽃사과나무는 먼 산 보며
여민 꽃잎 왜 접지 못하는가
―「꽃사과」

　백신이 우리에게 돌아오는 날을 손꼽는 것보다 들에
서 쑥이랑 두릅이랑 민들레 잎 뜯어 먹으며 사람들과
거리 두기하는 게 낫지 않을까?
　백두대간에 소나무와 풍란만 자라는 게 아니었어. 숱
한 동식물이 띠를 이루기도 하고 공생 공존하며 살아가
고 있단다. 한반도 역사, 기원전 기원후 그런 것 따지지
말고 근세만 둘러보아도 우리 민족의 애환과 변천사가
고스란히 녹아 있어. 백두산에서 지리산까지 훑어보면
숨은 이야기, 고난과 역경을 이기고 번영하는 과정의

우리 역사가 살아 숨 쉬고 있지. 그 방대하고 긴 역사를 제대로 남길 필요가 있는데 우리, 사람과 동물들은 과연 깨어있는가?

닭들은 온종일 모이를 쪼는 것 같은데 그래도 배가 고픈가 봐. 해도 쪼아 먹으려고 덤벼. 간도 크다니까.

세상에 얼굴만 한 사과만 있는 게 아니야. 똘배가 있듯이 꽃사과도 있어. 사과가 수정할 때 역할을 하기도 하고 저들끼리 사랑도 한단다. 배우자 만나 자식도 낳고.

더
덕
심
기

누난, 속리산에 가 봤어? 거기에 가면 천연기념물 103호인 정이품 소나무가 있다고 하는데, 맞아? 소나무가 벼슬을 했나 보지?

봄볕을 캤다
마른 소나무 가지로
땅을 파헤쳤다
3년 전
땅따먹기에서 확보한
금 그어놓은 땅이다
나뭇가지가 부러졌다

맨손으로 땅을 팠다
어깨 뒤에서
봄볕이 응원을 보냈다
드디어 봄볕의 주먹만 한
봄볕이 땅속에서 나왔다
향이 짙다
얼마나 절실했으면
지축을 뒤흔들까
봄볕은 처음부터
더덕이었나 보다
－「4월, 더덕·1」

비트코인이 뭐야?

문화재 보호법 규정에 의거 점 단위 지정에서 프로세스 보존이 필요한, 학술적 경관적 또는 학술 가치가 큰 동물, 식물, 지형, 지질, 광물 등 생물학적으로 생성적이거나 특별한 자연 현상 전반에 거쳐 소멸 위기가 있어 보전 보호할 필요가 있는 것들을 모아 천연기념물로 지정하고 있단다.

재배를 했거나 재배한 것이 씨앗을 퍼뜨려 난 더덕이

라도 함부로 채취하면 안 되는 거 아니야?

　'걸음은 멈추었으나 길은 멈추지 않는다.'란 명언을 남긴 여행가이며 산악인이기도 하고 작가이기도 한 박인식 선생 같은 분, 참 존경스러워. 브리태니커 백과사전 하나에 의존해 우리나라 백두대간에 관한 대하소설을 집필하고 있다는데 대단해. 이제 두 권을 완성했다나 봐. 여덟 권을 더 써서 열 권을 채우는 게 꿈이라고 해. 응원을 보내야 할 것 같아. 해박한 지식을 갖췄고 열정이 있는 작가여서 반드시 해 내리라 믿어 의심치 않아. 산을 새롭게 말해 보고 싶다고 하네. 그 책, 꼭 읽어 보고 싶어. 염소 너도 기회가 되면 꼭 한번 읽어 보길 바란다.

더덕 향도 십장생?

나는 큰 부자가 되고 싶지는 않아. 왜 욕심이 없겠어? 들판을 다 가지면 두고두고 풍족하게 풀을 뜯고, 돈이 많으면 맛난 사료도 언제든 사서 쌓아 놓고 걱정 없이 먹을 수 있을 테니 금상첨화 아닐까? 넘치는 것이 조금 부족한 것보다 못하다는 걸 깨달아 가는 중이야.

진한 향
짠한 여운
남기고 떠난 봄볕
온기가 묻었을까
앞산에 접어드니

오롯이
젖은 침묵만이
어둠 베고 누웠네

야속한
노을마저
서산을 지우는데
혹시나 봄볕 체취
주머니 속 열었더니

역시나
바람 몇 점만이
오도카니 앉았네
－「4월, 더덕·2」

　소나무가 십장생 중 하나라고 하는데 십장생이 뭐야?
　가상 화폐인 비트코인을 사들여 떼부자가 된 사람이
많다고 하는데 나도 그런 것에 관심 없어. 다 그런 건
아니겠지만 수십억 수백억 재산을 비트코인으로 감춰
놓고 세금도 안 내는 사람들이 많다고 해. 양심에 털이

난 사람들 아닐까? 의무는 하지 않고 일확천금 노리는 사람을 닮고 싶지 않아.

사람들은 더덕 향 앞에 '좋다'면서 감탄을 하는데 난 향보다 새싹 먹는 쏠쏠한 재미에 취해.

장생 불사를 표상한 10가지 물상을 십장생이라고 하나 봐. 해·산·물·돌·소나무·달 또는 구름·불로초·거북·학·사슴을 말하는데, 대나무가 포함되기도 한다네. 중국의 신선神仙 사상에서 유래했다고 하는데 10가지가 모두 장수물로 자연숭배의 대상이었으며, 원시 신앙과도 일치하네. 대부분 우리 선돌 언덕 가까운 곳에서도 접할 수 있는 자연 현상이고 보니 우리도 오래 살 수 있을 거야. 더덕 향은 십장생에 없네.한 동식물이 띠를 이루기도 하고 공생 공존하며 살아가고 있단다. 한반도 역사, 기원전 기원후 그런 것 따지지 말고 근세만 둘러보아도 우리 민족의 애환과 변천사가 고스란히 녹아 있어. 백두산에서 지리산까지 훑어보면.

볕 좋은 날

가상 화폐 광풍 시대가 맞긴 해. 4년 전에 1백8십만 원 하던 비트코인이 8천백만 원까지 치솟았으니… 금융위원장인가 하는 사람이 가상 화폐 광풍 시대를 우려하고 경고성 발언했다가 곤경에 처했나 봐. 어제 우리가 한 말도 문제가 될 수 있겠어. 항의하러 선돌길 염소 찾아오는 것 아닌지 모르겠네?

볕이 좋다. 이렇게 볕 좋은 날은 아무나 붙들고 인생 살아가는 복잡한 이야기 말고 꽃다지 이야기, 냉이 흰 꽃 이야기며 그냥 시시콜콜한 대화하고 싶다. 그 상대가 누구여도 좋다. 반세기 전 외사랑 경자 누나이면 더 좋고 트랙터로 밭갈이하는 촌로와 박카스 한 병과 사과즙 나눠 마시며, 고추며 고구마 모종 심을 시기에 관해 정보 교환해도 좋다. 고스톱 하러 간 마누라 흉을 본들 누가 흉볼까? 돌아가신 할머니 집을 사서 이사 오려는 듯 터를 닦고 있는 젊은 부부의 아이를 붙들고 '엄마가 좋아, 아빠가 좋아?'라고 물어보고 싶다. 꼬리 살래살래 흔들며 애교 뿅뿅 뿜는 강아지에 다가가 발로 툭 건드리고 '네 엄마 보고 싶니? 고스톱 하러 갔는데 저녁 시간 돼야 돌아올 거야. 나랑은 재미없지?'라며 약 올리고 싶다.

－「볕 좋은 날」

화이자 백신 2천몇 명분을 계약했다고 해. 크게 칭찬해 줘야 할 것 같아.

나는 여자라서 그런가, 투기는 싫어. 얼마 전까지만 해도 젊은 혈기가 있었는데 이젠 나이 때문인지 모두가 겁이 나. 비트코인은 당연하고 주식도 한 번 사보지 않았어. 복권 같은 것도.

누나 주인 엄마 또 서울 가셨나 보네? 며칠째 누나 풀 죽어 있는 것 보면 알아.

잘하면 우리 가축도 코로나 백신 주사 맞을 수 있을지도 모르겠네? 분명 애완견도 코로나 걸린 저 있잖이. 분명히 말하는데 난, 개죽음하고 싶지 않아. 오늘같이 볕 좋고, 이 좋은 시절이 아깝잖아.

미
나
리

아프리카 개코원숭이는 거미줄을 좋아한다고. 설마 거미줄을 좋아할까? 사실은 거미줄에 걸린 그 무엇을 좋아하지.

쌍둥이
손주 보러 서울로 떠나면서
아내는 미나리를
베어서 삶아 무쳐
만만한
냉장고 속에 쟁여 넣어 두었네

어릴 적
시골 마을 우물가 미나리꽝
수희네 할머니가
귀퉁이 내주어서
여름내
허기진 배를 미나리로 달랬네

세월이
바뀌어서 강남서 용 난다며
개천서 용 난단 말
믿을 수 없다더니
끈질긴
미나리 삶이 오스카상 받았네
－「미나리」

　아카데미 시상식에서 윤여정 배우가 우리나라에서 최초, 아시아에서는 64년 만에 여우 조연상을 받았다고 온종일 난리네.
　어제 화이자 백신을 계약했다고 해서 손뼉 쳐 응원해줬더니 온종일 자랑질하고 난리네. 칭찬 되돌려 받아야 하겠어. 정부가 국민을 위해 당연히 해야 할 일을 했을 뿐인데 윗물이란 사람이 방송에 나와 호들갑 떨게 뭐람? 내가 잘못 봤는지는 몰라도 상기된 억양과 표정으로 담화를 발표하는 모습, 민망해서 못 봐주겠더라.

오늘 아침에 추워서 혼났네. 아프리카로 달려가고 싶었어. 오스카상 중계방송만 아니었으면…

국격을 높인 윤여정 선생님 칭찬은 한 달간 해도 모자랄 정도야. 국위 선양은 물론이고 대한민국이란 나라를 널리 알림으로 인해서 앞으로 백신 계약도 훨씬 쉬워졌어. 윤여정 선생님이야말로 대단한 애국자야. 우리 개와 염소도 이 나라에서 태어났으니 애국하는 길을 모색해 보자꾸나. 너도 미나리를 좋아하잖아. 풀을 주로 먹는다고 했으니까 개코원숭이도 미나리를 좋아할 거야?

이
풍
진
세
상

윤여정 선생님의 아카데미상 수상 소감이 화제가 되고 있다면서⋯ 나는 English로 말씀하셔서 하나도 알아들을 수가 없던데 누나는 무슨 말인지 알아들었어?

저
앞산
비둘기
구구구구
목청 다듬어
들리느냐 내임
먼 산에 깃들어도

꽃은 무지해서 핀다
뿌리가 썩으면서까지
잎은 엽록소 내주면서도
바람 일으켜 세워 등 떠밀어
꽃에 든든한 다리 놔 주었다
아무것도 모르고 핀 꽃은
저 잘난 맛에 의기양양
나비를 불러 모은다
바람이 손짓해도
모른 척하다가
바람난 꽃이
부르니까
나붓이
나르
네
ㅡ「바람난 꽃과 나비」

6차 산업 신 기업가 정신에 관해 공부했는데 너무 어려워. 현대 경영학 창시자인 피터 드러커는 기업가란 '변화를 탐구하고 변화에 대응하여 변화를 기회로 이용하는 사람'이라고 했어. 알 듯 말 듯 많이 헷갈려. 누나는 무슨 말인지 알겠어?

윤여정 선생님께서는 수상 수감에서 대한민국은 좋은 나라이고 K 방역이 그랬듯이 코로나를 가장 빨리 퇴치하는 나라가 코리아일 것이라고 말씀하셨을 거야, 아마.

꽃이 바람난 거 맞아? 오늘 강풍이 분다는 예보가 있던데 코로나와 미세 먼지를 확 날려버렸으면 좋겠어.

'기업가 정신은 실천이고 사회 모든 구성원이 본질적으로 갖고 있어야 할 자기 혁신의 바탕이 되고, 다음 사회로 진보 그리고 지속적으로 혁신의 기회를 보장받을 수 있도록 촉진해야 한다.'라고 하네. 6차 산업이 별것일까? 서로 미워하지 말며 즐거운 마음으로 질 높은 삶을 영위하고, 코로나 없는 세상에서 잘 살아가는 것 아니겠어. 꽃이 바람 좀 나면 뭐 어때? 꽃과 나비가 바람나야 2세가 탄생하고 이 풍진세상에 동력이 될 수가 있어.

꽃의 슬픈 전설

소나무는 다 좋은데 1년에 한 철 송홧가루 날릴 때 미워.

나비의 1년은 열한 달이었다
그려도 그려도
곁을 주지 않는 나비에
꽃은 살점 떼 한 달을 얹었다
나비는 온전한 열두 달의
완성체가 되었고
꽃은 시들기 시작했다
나비의 한 달은 닷새

하루는 불과 열 시간
꽃잎 지고 새잎 돋고
꽃은 죄다 던져 포갰다
나비의
1년이 열석 달이 되어도
다 그리지 못한 슬픈 전설
– 「꽃의 슬픈 전설」

 검찰총장 한 사람 뽑는데 뭐 저리 시끄럽노? 대통령 뽑을 때보다 더 야단법석이네. 그 자리가 윗물이라서 그런가?

 철학, 문학, 예술, 언어, 종교, 과학 모두가 지중해 연안의 숲을 파괴하여 얻은 보상이라는 슬픈 이야기가 있어. 문명 발달의 대가로 전 세계에 걸쳐 숲이 사라져 버렸다네. 농업 혁명 이후 8천 년 동안 3분의 1이 사라졌으니 이 얼마나 슬픈 일이야.

 고도 산업사회로의 진입을 위해서 환경의 질을 고려한 경제적인 발전을 지향하는 혁명이 필요한데 우리는 눈에 보이는 현실만 쫓아. 어리석은 사람들이지.

 소나무가 십장생 중 으뜸이지는 않지만 빠지면 섭섭

해할 거야.

아직 1년이나 남았는데 정권 잡기에 혈안이 돼 있어. 산업 혁명, 과학 기술 혁명 등이 자연계에 변화를 초래, 자연환경을 파괴하고 자연계 변화가 다시 인간 사회로 되돌아와 인간에게 부정적인 영향을 미친다는 사실에는 무뎌 있어. 이 땅에 소나무가 사라져 가고 있고 꽃과 나비가 조화를 이루지 못하는 현실이 서글퍼 이 강아지, 잠을 이룰 수가 없네.

인
내
는
쓰
다

　메소포타미아, 나일강, 인더스강, 황화 유역 등을 일
컬어 4대 문명 발상지라고 학교에서 배운 기억이 나네.
4대 문명 발상지의 필수 요건은 풍부한 수자원과 숲이
야. 그런데 현실은 그렇지를 못하니 안타까울 뿐이네.

　　시가 고플 때 강가에 선다
　　1년간 시 한 줄 쓰지 못해
　　몹시 배가 고파 밤 강가에서
　　시를 불러 내 나란히 앉았다
　　나는 시답잖은 이야기를 했고
　　시는 경청했다

시는 내게 할머니에 대한
추억을 털어놨고
첫사랑 이야기도 들려주었다
강을 등지고 앉았기에
그가 들려주는 물소리는
나직이 선율에 실려 왔다

분위기에 취해
시의 손을 잡았다
시의 손에서
깊은 산속 옹달샘이 솟았다
그 샘물은 물기둥 되어
강으로 흘러들었다

시와 나는
어둠이 어둠을 삼킬 때까지
손을 놓을 수가 없었다
물기둥이 폭포수로 변해
시를 데리고 저만치에서
서서히 걸어오고 있었다
―「강가에서·1」

36

'인내는 쓰다, 그러나 열매는 달다.'라고 배웠잖아. 요즘 책에서는 그런 말을 가르치지 않는 것 같아.

경제 규모로 보면 세계 10위권에 있는 우리나라의 한 강의 기적과는 경우가 조금 다르긴 해. 물론 숲을 가꿔야 한다는 큰 의미는 별반 다르지 않지만, 근세에 이르러 우리나라는 치산치수와 땔감이 부족하여 산림을 가꾸기 시작한 경향도 있어. 그 결과 우리는 경제와 산림 부흥을 함께 얻는 두 마리 토끼는 잡았지만 후유증이 커. 화성처럼, 수억 년 전 지구처럼 이산화탄소 비중이 많아 사람과 우리와 같은 동물이 숨 쉴 수 없는 땅이 되지 말란 법이 없거든.

코로나 거리 두기 단계가 그대로 유지된 상태로 3주 연장되었다고 하네. 그것과 이것은 상관관계가 있을까?

그나마 우리 세대까지는 인내심을 가지고 기다려 줬고, 치산치수 사업에 동참했기에 유유히 흐르는 저 강물을 보며 여유를 즐길 수 있지만 다음 세대까지 보장한다 말은 못 하네. 강아지가 사람 몫까지 챙기기가 너무 벅차.

팔
자
소
관

'여자 팔자 뒤웅박 팔자'라는 말이 있다고 하는데 뒤
웅박이 뭐야?

주체 못 할 때
나는 강가에 선다
초저녁일 때도 있고
새벽이어도 상관없다
철철철 물소리에 실어
나는
중얼중얼 단어를 뱉고
강은 받아 적는다

시어를 다듬고 퇴고하는 일은
무슨 사연인지 잠들지 못한
물새에 부탁한다

5월 초하루
오늘처럼 비 오는 날엔
빗소리에 섞여
내려오는 시어들을 받아
머릿속에 쟁여 둔다
미처 뱉어내지 않은
낱말들과 함께 저장해 뒀다가
언제든 꺼내 쓰면 된다
물새들이 물어다 준
시 한 편 들고
비를 피해 강물 속으로
걸어 들어간다
－「강가에서・2」

비가 오려면 제대로 내려 송홧가루 좀 씻어갔으면 좋
겠어.
과학 기술 혁명에 비례하여 숲은 황폐화의 길을 걸어

왔지. 지난 4, 50년간 경제적 생산량 가운데 평균 10년 간의 증가량이 인류 문명이 게시된 약 일만 년 전부터 1950년까지의 증대 양과 맞먹는다고 해.

백신 접종을 좀 미룬다고 하는데 무슨 일이야?

물질문명 발달로 인한 환경 파괴를 일일이 열거하자 니 끝이 안 보이네. 토양 유실, 숲 감소, 목초지 황폐화, 사막 확장, 산성비, 온실효과의 기체 축적, 대기 오염, 생물 종의 손실, 인구의 급증, 산업화의 부산물인 독성 물질, 폐기물의 처리, 수질 오염 등을 초래하여 지구를 병들어 가게 하고 있어.

인도에는 오늘 38만 명의 코로나 확진자가 나왔다고 하는데 이거 큰일 아닌가? 백신 접종을 가장 모범적으 로 하는 이스라엘에선 종교 행사 중 많은 인명 피해가 발생했다고 하네. 탈도 많은 세상, 하루도 조용한 날이 없네.

여러 차례 강조했지만 이즈음 잦은 괴질 발병과 환 경 오염이 무관하지를 않아. 임시방편으로 백신을 맞 아 질병과의 전쟁에서 이긴다고 한들 절대 영원할 수 가 없어. 근본적인 대책이 필요한 거지. 숲을 살려 저 강물을 떠서 그냥 마실 수 있게 만들면 코로나 따윈 이 땅에 발붙일 수가 없지 않을까? 세상이 우리를 잘못 만난 건지, 우리가 세상을 잘못 만난 건지? 이게 다 팔자소관일까?

게으른 농부 농사 짓듯이

여름에 눈이라니, 이 또한 변고 아닌가? 5월 초이틀, 낮 기온은 분명 여름인데 강원도에 눈이 내린다고 하네. 내린 눈에 내리는 눈이 쌓여 빙판길을 우려하는 일기예보가 전파를 타고 흘러나오고 있어. 그저께는 설악산에 눈이 15cm나 내렸다고 하더니만.

시가 보고 싶을 때 강가에 선다
가슴이 절절 끓어올라 도저히
보지 않으면 몸살 날 것만 같아
어둠을 뚫고
강가로 달음박질쳤다

강 주변에 시의 체취
향내 묻어있을지 모르니까
반나절 전에 만나
향만 던지고 떠난 시는
강 속으로 걸어 들어갔다

시에서
더덕 향이 난 것은
3년 전 봄부터였다
시는 더덕을 발견했고
더덕은 시를 안았다
시는 드디어
작은 산
하나를 품었다
산이 강에 투영되면서
지붕은 둘이 되었다

다시 비가 내린다
시의 향이 비에 떠내려간다
강으로
흘러드는 줄 알았던 빗물은
산으로 역류한다

산이 강을 품은 게 틀림없다
담이라도 넘을 태세다
산을 품고 강을 품은
시가 있는 곳이라면
내가 먼저 담을 넘는다
ー「강가에서 ‧ 3」

한미 정상회담 날짜가 잡혔네. 우리는 백신, 미국은 쿼드라는데, 쿼드가 무슨 말이야?

숲이 인간의 행동에 끼치는 영향은 지대해. 공공 주택에 나무로 둘러싸인 주민과 나무 없는 공공 주택 주민을 비교한 연구 결과에 따르면 호전성과 폭동성, 방문객 빈도, 거주민과의 소통, 삶의 만족도, 안전감, 초대 횟수, 마약 오용, 아동 학대, 범죄율, 사회적 서비스 요구도 정도가 판이하게 차이를 드러냈다나 봐. 그만큼 숲의 중요성을 강조한 연구 결과가 나왔네.

도시에는 아파트 숲이 존재한다는데 그 숲과 그 숲은 다른 거야?

비가 그치고 해가 중천인데 추워. 벗은 옷 다시 껴입어야 할까 보다. 우린 그래도 털 가진 동물이라서 참을

만한데 온상에서 나온 고추 모종과 고구마 모종이 얼마나 떨었을끼 긱정되네. 얼거나 새순이 냉해를 입으넌 일 년 농사 도로 아미타불이 될 수가 있어. 우리 주인 엄마 아빠는 이제 비닐을 덮으려나 봐. 이럴 땐 게으른 농부가 덕을 보네. 난 그렇다 하고 넌 숲속에서 살고 있어서 성격도 좋고 잘 났나 봐?

삼
척
동
자

봄은 갔는데 여름이 주저하고 있는 까닭이 뭘까? 어제 아침에 눈이 내리는 걸 먼발치에서 본 듯한데 여름이가 꽤 현명한 녀석인가 봐. 오늘 아침에 서리가 내리고 얼음이 얼 것을 어떻게 알아챘을까? 아마 기상청과 내통하고 있을 거야.

> 머릿속이 하얘
> 시가 곁을 떠나려 할 때 강가에 선다
> 눈을 꼭 감고 강둑에 비를 맞고 섰다
> 바람이 분다 차다
> 왼쪽 뺨을 세게 때린다

빗소리인지 바람 소리인지
물소리인지 분간하기 어렵다
손에 잡히는 건 아무것도 없다
빗소리 바람 소리 물소리
그 무엇도 만져지지 않는다
바람이 잦아든다
눈을 떴다
발 옆에 민들레 꽃대가 홀씨를 이고
나와 같은 자세로 서 있다
꽃으로 다가올 금계국 이파리와 함께
바람을 잡아 앉혔나 보다
어디선가 향내가 난다
시의 향내인가 더덕 향 같기도 하다
강 쪽인지 도로 위인지
산 쪽인지 가늠할 수가 없다
향내에 이끌려 어둠의 숲을 헤치고
저벅저벅 걸어 나갔다
　　　　－「강가에서·4」

　거짓말은 거짓말을 낳고 변명은 변명을 낳는 법이야.
삼척동자도 아는 걸 윗물들은 그 쉬운 것도 모르나 보

네?

새벽 4시 기온이 영상 3도를 찍었어. 잘하면 0도까지 내려갈 듯도 하네. 물까지는 역부족일지 몰라도 이슬을 얼게 할 수 있는 기온이야. 5월에 무슨 날씨가 이렇담? 우리나라가 사계절이 뚜렷하여 좋은 나라라고 했는데 이젠 탈락했다고 보는 게 맞아. 오늘 같은 날은 아마 봄 여름 가을 겨울을 다 경험할 수도 있을 듯하네.

잘못했으면 잘못했다고 남자답게 왜 말을 못 할까? 국민들은 용서해 줄 용기가 있는데 윗물은 용기들이 없어.

삼척동자를 재해석하고 있네. 키가 3척밖에 안 되는, 아직 세상 물정을 모르는 아이를 가리켜 삼척동자라고 했는데 이젠 잘난 척, 아는 척, 있는 척하는 사람을 일컬어 삼척동자라고 한다나 봐. 국어사전을 고쳐야 하나?

오
월

괴테가 문학가이기도 했지만, 변호사였고 정치가였
다지?

　여름이 먼발치서 봄 동향 살피는데
　꽃 지고 떠나간 뜰 겨울이 와서 노네.
　설악산 대청봉에는 함박눈이 내리고.

　서리가 내린다는 기상청 예보 듣고
　줄행랑쳐버린 봄, 여름은 주저주저.
　물새와 내통한 계절 갈팡질팡 뒹군다.

게으른 귀촌 부부 이제야 이랑 짓고
고추며 고구마 싹 이웃에 주문한 뒤
참새가 창가에 와서 두드려도 깨 볶네
―「오월」

검찰총장이 지명되었다고 하지, 아마? 며칠 동안 우려먹겠지? 윗물들이 속속 새로운 이름을 내걸면서 언론 개혁과 검찰 개혁을 한다고 하네. 언론의 자유는 어디서 뭐 하고 있남?

어제 새벽에 우리가 예상한 그대로였어. 물을 얼게 하는 건 역부족이지만 이슬은 충분히 얼게 할 수 있을 거라 했잖아. 정확하게 기온은 0도를 찍었고 이슬이 얼어 서리를 만들었어. 기상청에서는 자꾸 서리가 내린다고 하는데 분명 해 질 무렵인 초저녁에 이슬이 내리고, 새벽 기온의 높낮이에 따라 이슬로 남든지, 얼든지 하는 거야. 영하로 내려가 이슬이 얼면 서리이고 영상이면 이슬로 햇귀를 맞이하지.

자연의 조화는 오묘해.

괴테는 20대 중반에 '젊은 베르테르의 슬픔'을 집필했다나 봐. 40년간 썼다고 하는데 파우스트야말로 전

무후무하지. 200년 전에 쓴 글을 지금 읽어도 감동에 감동이라네. 앞으로 2천 년이 흘러도 그런 역작이 나오기 어려울 거야. AI한테 부탁해도 해결할 수 없는… 괴테는 2천 년에 한 명 나올까 말까 한 천재 작가이고 오월은 여왕의 계절이라나 뭐라나?

아
빠,
다
녀
오
마

264가 맞을까? 이64가 맞을까? 수인번호라는 건 알
겠는데 264번이었는지 64번이었는지 정확하지는 않
다고 하네.

비 오는 날, 시가 떠오르지 않아 밤중에 강가에 선다.
도로엔 물 만난 개구리가 무모하게 길을 가로지른다.
뜀박질이 서툴다. 나를 닮았나?

빗줄기가 세차다. 우산을 받쳐 들었다. 시가 같이 쓰
자며 우산 속으로 들어올지도 모르는 일 아닌가? 머릿
속은 오히려 비어간다. 쟁여뒀던 시어들이 모두 사라

졌다. 시와 앉았던 벤치도 비었다. 비만 처연하게 내린다.

물소리보다 개구리 소리 드높다. 세련미는 없어도 다듬은 듯 목소리에 격조가 있다. 옆에 있을지도 모를 짝에는 관심 두지 않고 이 밤 강가의 개구리 다 불러 모을 태세다.

머리 위로 왜가리인지 비를 맞으며 새 한 마리 난다. 그도 시를 찾아 나섰는가? 어쩜 저 새가 숙제 하나 풀 것 같다. 새 꽁무니를 따라 나도 날아올랐다.

－「강가에서·5」

닭이 사라졌네. 뭘 잘못하여 갇힌 걸까?

이육사 선생님의 본명은 이원록이었고 이활이란 필명을 쓰기도 하셨다네. 그 후 수인번호에서 이름을 따 이육사 선생님으로 굳혔다고 하더군. 감옥을 17번이나 들락거릴 정도로 독립운동에 몸을 던진 독립투사셨지. 曠野, 청포도 등의 명시를 남긴 시인으로도 유명하신 선생님은 짧은 생을 감옥에서 마감하실 때까지 최고의 삶을 살다 가신 분이셔. 주인 아빠와도 친분이 있는 고

명따님 옥비 여사님께 이육사 선생이 마지막으로 남긴 말씀은 '아빠, 갔다 오마.'였다고 해.

모욕죄를 취하했다고 하는데 무슨 이야기야? 만약 취하하지 않았다면 34살의 젊은 나이는 생각 없는 어른 때문에 갇힐 뻔했잖아?

나, 강아지와는 악연이라고 할 수 있는 우리 집의 닭들은 비닐을 마구 뚫고 심어 놓은 고추를 넘어뜨리고, 옥수수를 파종하면 꺼내 먹을 게 뻔해서 오늘부로 닭집 안에 가뒀다고 하네. 이육사 선생님은 감옥에서 시를 쓰시고 독립 운동을 구상하셨지만, 우리 닭들은 집 안에 갇혀 무얼 쓸까? 자유를 달라고 외치면 어떡하지?

열나흘

꽃은 성찰을 몰라

윗물이 되기 위한 덕목은 시대정신과 균형감각이라고 하네.

밀물처럼 왔던 아이들이 썰물 되어 떠나간 선돌 언덕은 바람이 와서 논다. 아내마저 썰물에 쓸려가고 난 뜰은 오늘따라 왜 이리 넓어 보이는지. 자두나무에선가 소나무 숲에선가 참새 몇 마리 흥얼흥얼 텅 빈 곳을 메우고 있다. 바람을 일으킨 건 참새 떼인가, 썰물 되어 떠난 아이들의 선물인가? 지독했던 미세 먼지쯤은 쓸어 가고도 남음이 있다. 코로나까지 쓸어 갔으면 더 좋으련만. 너무 큰 기대인가? 그 또한 불가능은 아닐 것이다. 언젠가는 바람이 쓸어 가든지 저 스스로 못 견디고 떠나가지 않겠는가? 바람이 좀 잦아들었다. 그래도 동산의 해당화 나무는 탄생의 기쁨을 바람에 기대 내게 알린다. 살랑살랑 몸을 흔드는 가지 끝에 정열적인 꽃이 매혹을 발산한다. 채 다 피지 못했지만 서너 송이 꽃으로도 존재 가치가 충분하다. 화려했던 봄꽃 잔치가 끝나고 뜸했던 선돌 동산에 먼저 와 자리매김하겠다는 해당화의 선점은 완성도 높은 그림에 화룡점정 빨간 물감을 찍는다.

－「해당화、2」

아침부터 비가 오네. 별로 기대하지도 않았고 예보와는 다르게 비가 오니 좋기도 하고, 풀을 뜯으러 나갈 수가 없어 싫기도 하고.

시대정신과 균형 감각이란 곧 공감대를 형성하는 것 아닐까? 어려운 말 같지만 공정한 사회에서 평등한 자유를 누리며 누구든 하고 싶은 일을 하여 정당한 대가를 받고 편안하고 즐겁게 살아가는 세상이란 개념이겠지.

성찰이란 개념을 알고나 있는 건지, 지난 세월을 성찰하며 앞으로는 잘해 보겠다고 하니 어이가 없네.

말이나 하지 말지. 같은 하늘 아래 사는 사람이 맞기나 하는지 모르겠네. 달라도 너무 달라. 꽃은 공정 사회에 살고 있는 게 분명해. 때맞추어 피고 서로 시기하거나 반목하지도 않아. 저마다의 개성으로 왔다가 사명을 다하고는 미련 없이 왔던 길로 조용히 스러지더라고. 세살 손주한테서도 배우지만 순응하는 자연에서도 많은 걸 보고 느껴. 꽃은 성찰을 몰라. 성찰할 게 없으니까.

매
일
피
는
꽃

어제 막내를 따라 누나네 주인 엄마 서울 갔다지? 이
번에도 한 열흘 집을 비우는 모양인데 누난 심심하지
않아?

그녀는
태어나는 날부터
꽃이었다
자랄 때도 꽃이었고
내게 올 때도
아이 낳고 키울 때도
정열적인 꽃이었다

지금까지도
매일 꽃으로 핀다
―「해당화、1」

　죽비를 맞고 정신이 번쩍 들었다고 하는데 진심에서
나온 말일까? 비서가 적어주니까 그냥 읽은 걸까?

　엄마가 집을 비우면 나는 슬퍼. 맛난 것을 못 얻어먹
는 것도 슬프지만 아빠는 나랑 잘 놀아주지는 않고 발
로 툭 건드리는 게 고작이거든. 아빠 퇴근해 올 때 잠
에 깊이 빠졌거나 너무 추울 때 밖에 나와서 인사 못 한
적이 있거든. 속이 비좁다니까, 우리 아빠. 내가 엄마만
좋아한다고 핀잔하는데 난 편애를 몰라. 내게 말도 걸
어 주고 집을 날 때 들 때 쓰다듬어 주는 엄마의 손길이
고마울 뿐이지.

　오늘 비 그치고 나면 내일 초록이 짙어지겠지? 오늘
풀 좀 못 뜯은 게 대수일까? 푸른 앞날이 펼쳐지고 있
는데….

　죽비를 맞아 정신이 번쩍 들었다고 할 때는 언제이고
잘못한 게 별로 없다는 말은 또 뭐야? 우리 강아지도
잘못하면 용서를 빌고 반성문을 쓰는데…. 이건 비밀인

데 우리 아빠 있지, 오늘 된장찌개를 데우다가 태워 먹었대. 여기까지 냄새가 진동해. 엄마가 반찬을 태우면 불 앞을 떠나지 말라고 나무라시면서 말이야..

칼
과
칼

　사람들도 우리 가축처럼 처음부터 말은 했지만, 글을
만들어 쓰기 시작한 것은 5, 6천 년밖에 안 되었다면
서….

　　꽃은
　　남을 위해 핀다
　　내면을 가꾸고
　　남의 행복을 위해 피는 꽃은
　　저의 행복은 담보하지 않는다
　　남의 행복을 보는 것이
　　저의 행복일 테니까

꽃은 은근히 바라보는 것
시도 때도 없이 조몰락거리면
금세 잎이 시들고
꽃으로서의 사명이 끝난다
예쁜 나머지 주머니에 가두고
혼자 취하고자 한다면
온실 속 꽃이 되고 말 것이다
─「광합성 작용」

칼과 칼이 부딪치면 상처가 클 텐데 왜들 칼을 놓지 못할까?

사람들은 우리 가축이나 동물들에 비하면 엄청난 진화를 한 셈이지. 그러나 어느 학자는 원시인일 때의 뇌에서 별로 진화하지 않았다고 주장을 하네. 오랫동안 글 없이도 대화하며 살아온 뇌가 글을 받아들여 제대로 표현하기까지는 시간이 더 필요하다는 논리야. 문자가 있기 전엔 남에게 상처를 주는 말은 가급적 삼갔다는 거야. 사람들은 운전하다가도 갑자기 끼어드는 차가 있으면 저도 모르게 쌍욕을 하잖아. 인상 한 번 찡그리면 되는데 육두문자가 튀어나오는 현상은 문자의 발달로 인한 폐해라는 거야. 좀 억지스러운 주장 같지만 가만히 생각하면 맞는 것 같기도 하고.

정문 출입이 이례적이라고 하는데 무슨 말이야?

집착일 거야. 우리 가축이나 동물들도 서열을 가리기 위해 치고받기도 하잖아? 그러나 사람들처럼 칼과 칼이 부딪쳐 큰 상처를 내가면서까지 다투지는 않아. 너, 염소와 나, 강아지가 분명 서열은 있지만 크게 따지지 않고 먹을 것과 집을 공유하니까 얼마나 훈훈하고 좋아? 사람이 가축한테 배우는 것이 그렇게 자존심 상하는 일일까?

묵
언
시
대

　요즘 누난, 벙어리가 될 참이야, 왜 말이 없어? 주인 엄마 서울 가고 나니 대화 상대가 없어서 그래? 주인 아빠랑은 데면데면한 사이인가 봐. 서로가 본 둥 만 둥 하네. 나까지 떨어서 있어서 많은 대화를 나눌 수도 없고… 그러다가 우울증 올까 적이 걱정되네.

　　벽 하나 사이 두고
　　허한 밤 가슴 앓던
　　촌뜨기 소나무는
　　한마디 말 못 하고
　　뒷모습

애잔하게 보낸
옆집 누나 경자야

반세기 건너와서
다시금 가슴앓이
젖은 맘 달래려다
타는 놀 뚫린 저녁
내 고향
산마루터기에
긴 목 빼고 서 있다
－「소나무」

공수처 1호 수사 사건이 뭐라고 했지?

'남아대로 행'이란 말이 있어. 이즈음엔 세상이 바뀌다 보니 많이 쓰진 않지만, 자칭 윗물이란 사람이 지하 통로로 왜 출퇴근을 해? 당당하게 정문으로 어깨 펴고 드나들 배짱이 없는 거야, 졸장부가 된 거야? 얼굴 들고 다닐 명분이 없는 거야?

청문회는 왜 하는 거지? 윗물이 될 덕목은 도덕성에서부터 출발해야 하지 않을까?

교육계 선출직 직권 남용 사건 심판하는 거라면 나,

강아지도 판단할 수 있겠다. 해직 교사가 법을 어겼다면 복직시켜서는 안 되겠지만, 억울할 경우 적법한 절차에 의해 교단에 서게 했어야지. 아마 내 판단으로도 벌을 받아야 할 것 같네. 나, 강아지와 주인 아빠와의 묵언 시대를 공수처 2호 사건으로 올려 심판해 주세요!

애기똥풀 같은 소리

애기똥풀은 왜 애기똥풀일까? 꽃이란 이름으로도 불리지 못하고… 멀리서 볼 때는 곱다고 해놓고 곁에 와선 한 송이 데려가는 이 못 봤으니….

건너편 산에서
뻐꾸기 짝을 찾는다
뻐꾹뻐꾹
내게 임의 행방
묻는 듯하지만
알려 주고 싶어도
그럴 수가 없다

먼 산 어딘가에 있을
임 찾는 일은
저 뻐꾸기 몫이다
- 「몫」

　결국 윗물 세 분을 임명하고 말았네. 본보기로 한 분
잘라낸 것 외에 도덕 공부는 전혀 안 한 윗물이 앉으면
안 될 자리에 감히 앉히고 말았어.

　꽃말은 '몰래 한 사랑'이라 하네. 어떤 식물은 꽃이란
이름을 붙이고 어떤 식물은 풀이란 이름을 붙이는지 나
도 그 기준을 잘 모르겠어. 애기똥풀은 꽃이 노란색이어
서 애기똥풀이 아니고 잎이나 줄기를 자르면 노란 유액
이 나온다고 해서 애기똥풀이라고 했다나 봐. 독성이 있
다고 하네. 내 집 주변에 널린 게 애기똥풀인데 관심 없
어. 염소 너도 애기똥풀은 뜯어 먹지를 않더라.

　아침저녁으론 아직도 쌀쌀하지만, 어제부터 낮 기온
이 30도를 찍네. 그늘에서 쉴 수 있는 우리 팔자가 상팔
자지.

　아까시꽃이거나 해당화처럼 곁에 두고 싶은 오월의

꽃이 될 것인가, 겉만 번지르르하고 속엔 독성 가진 유액을 품고 있는 애기똥풀이 될 것인가는 네 할 탓이고 네 몫이다. 몰래 한 사랑만 할 것이 아니고, 진정 온 국민을 사랑한다면 향내 짙은 아까시꽃 피는 산으로 시선을 돌릴 필요가 있다는 사실을 명심해야 할 것이야. 보잘것 없는 강아지 말이라고 귓등으로 듣다간 큰코다친다네.

금계국 피면

원산지가 아메리카와 열대 아프리카 쪽인 금계국이 우리나라에 와서 제대로 자리를 잡아버렸네. 전국에 분포하면서 물 만난 개구리처럼 활개를 치네. 자리매김했다고 봐야 할 것 같아?

강가의 금계국 피면
삐삐삐삐 건너편 산
암컷 뻐꾸기 만나
신방을 차린다 수컷
뻐꾸기 뻐꾹뻐꾹 울면
금계국 또 한 송이 피고

70

암컷 뻐꾸기 짝짓는다
뻐꾹뻐꾹 뻐꾸기 울면
강가의 금계국 피고
금계국 송이 필 때마다
먼 산 뻐꾸기 가족
단란한 가정 꾸리고
사랑의 보금자리 튼다
– 「금계국 피면」

뻐꾸기는 남의 둥지에 알을 낳는다고 하지? 그 새가 알을 품어 며칠간 키워 놓으면 그제야 제 새끼를 찾는다고 하는데 정말이야?

참 희한한 세상도 다 보네. 임명하면 안 된다는 여론이 70%가 넘는데도 뻔뻔하게 윗물에 앉히고, 뻔뻔하게 그 자리에 앉아 고개 주억거리는 걸 보고 있자니…. 그 광경을 지켜보며 그래도 된다고 부추기는 공영 방송, 특히 라디오의 행태는 정말 구역질이 날 정도이다. 이건 해도 해도 너무한다, 싶다. 나, 점잖은 강아지 입에서 험한 말 나오게 한 공영 방송은 각성해야 한다. 아니 방송 송출을 중단해야 한다!

후대에 가서 그래도 윗물 집안이었다고 말할 텐가? 양심에 털 난 사람들이니까, 뭐….

꽃의 기록을 바꿔야 할 것 같아. 6월에서 9월 사이에 금계국이 핀다고 했는데 비교적 개화 시기가 늦은 우리 고장에 금계국이 벌써 피었네. 5월 14일에 카메라에 담아왔는데 50% 이상 봉오리를 열었으니까 개화가 맞잖아? 어린 시절엔 거의 보기 힘들었던 금계국이 남의 자리를 차지하고 앉아 활개 치든, 뻐꾸기가 무슨 사연인지 몰라도 다른 새의 둥지에 알을 낳아 부화하게 하든 세월은 가네. 꽃은 우리 마음에도 함께 피어 위안과 희망의 메시지를 주고, 새는 청량한 그 목소리로 심금을 울려주지만 만물의 영장이라는 사람은 우리 강아지와 염소한테 크게 실망만 안기네. 비까지 내리니까 오늘따라 강아지 너무 슬프다!

인간 송충이

뻐꾸기는 길조일까, 흉조일까? 때까치나 멧새, 붉은
뺨멧새 둥지에 알을 낳고, 그 새가 부화하기를 기다렸
다가 새끼를 데려온다고 하지, 아마?

철없는 꽃다지 옆에
철없는 냉이꽃 핀다
철이 들었다가도
철이 없어지는 꽃이
냉이꽃이다
꽃다지도 마찬가지
철이 없다가도

어느 날
제철에 꽃으로 온나
도토리 키 재기하는
철이 든 듯싶다가도
철없는 꽃다지
철없는 듯하다가도
철든 냉이꽃
그 광경을 지켜보던
키다리 소나무가
흐뭇하게 미소 짓네
ㅡ「귀촌、38」

조류의 세계에서도 길조와 흉조가 있듯이 인간 사회에서도 좋은 사람, 나쁜 사람이 존재하는 거겠지? 좋은 사람만 있으면 교도소가 없어질까? 좋은 사람 중에서 덜 좋은 사람을 가려 가둘까?

뻐꾸기는 관찰한 바에 의하면 가짜 어미가 낳은 알에서 부화한 새끼는 등에 얹어 바깥으로 밀어낸다고 하는데, 꼭 그런 건 아닐 거야. 뻐꾸기는 게을러서거나 부화하는 방법을 몰라서가 아니고 체온이 낮거나 특성상 알을 품을 수 없는 구조로 태어났기 때문에 다른 새의 둥지를 선택하겠지. 곤충과 특히 송충이를 잘 먹는다고 하는데 인간과 식물에는 해충을 줄여 주므로 인해 길조로 분류할 수도 있을 것 같아.

새보다 못한 인간, 좀 먹는 해충 같은 인간이 문제이지.

그러고 보니 요즘 그 징그러운 송충이는 볼 수가 없네. 설마 뻐꾸기가 다 먹어 치운 걸까? 그렇담 인간 송충이도 뻐꾸기에 부탁하면 안 될까?

말
말
말

한때 최고의 윗물이 되겠다고 경쟁했던, 지금은 어중
간한 윗물인 사람이 뻐꾸기를 비하하는 발언을 했다고
하는데 무슨 일이야? 하필 우리가 뻐꾸기를 논하고 있
는 마당에 죄 없는 뻐꾸기를 왜 건드리느냐고….

산이 있되 오르지 않으면
내 산일 수 없고,
길이 있되 가지 않으면
내 길일 수 없다.

산은 우리에게 여러 가지 얼굴로 다가온다. 돌배꽃 그

늘에서 둥굴레가 군락을 이루고, 하늘이 열린 곳에서는 할미꽃이 모여서 산다. 할미꽃이 핀 산소 주변으로 고사리가 지구를 밀어 올릴 태세로 땅속에서 포효한다. 땅이 들먹거린다.

멀리서 바라본 산은 나무만 있지 숲은 없다. 민낯은 그 속에 감추고 있다.

산으로 난 나만의 길 하나쯤 만들어 보는 것도 나쁘지 않다. 그 안에서 사는 산새들과 교감하고, 이름 모를 풀들과 소통하다 보면 신선이 된 느낌이 들기도 할 터이다. 나만의 방 하나 더 가진 뿌듯함이 있을 터이다.

바라만 본 수많은 저 산들, 남의 산일 뿐이고, 그들만의 영역일 뿐이다.

ㅡ「귀촌ㆍ39」

이 비가 멎고 나면 금계국도 화사하게 우리 곁으로 가까이 다가오겠지?

'뻐꾸기 같은, 뻐꾸기알 같은…'이라고 낮춰서 말했다나 봐. 큰일을 해 보겠다는, 아들뻘 되는 후배한테 할 말은 아니지. 뻐꾸기한테 쪼인 적이라도 있나, 뻐꾸기 울어 잠이라도 설쳤나? 왜 뻐꾸기를 잡아! 우리가 분명 뻐꾸기가 유해 조류로 볼 수 없다고 설명했을 텐데. 송충이를 다 먹어 치운 익조일 수도 있다고 설명했을 텐데… 아니면 어른답게 송충이를 먹어 버릴 수도 있는 익조라고 덕담한 것일까?

여기서는 이 말 하고 저기서는 저 말 하는 사람에겐 절대 큰일을 맡기면 아니 되지. 불과 몇 달 전엔 사면할 수도 있다고 해놓고는 저쪽에 가서 '그 말이 사려 깊지 못했다.'라며 사과하는 비겁한 사람이라니….

말은 그 사람의 인격이고 인품이야. 큰사람 뽑는 날이 1년도 안 남았네. 지금부터 일구이언하고 품격 떨어진 말하는 사람부터 제외해 나가면 제대로 된 인물이 뽑힐 수도 있겠지. 우리 염소와 강아지한테도 투표권을 준다면 윗물다운 윗물을 뽑아 대한민국을 반석에 올려놓을 텐데…. 산 같은 사람이면 딱인데.

산이 품은 돌배

산은 절대 거짓으로 말하지 않아. 우리 가축들도 그렇지만 사람들도 산을 보고 배워야 한다니까.

고라니 길섶에도 새순은 돋고 있었다.

우리 길은 산 위를 향해 수직으로 나 있지만 고라니 길은 산허리를 감고 돈다.

길이 아닌 곳은 가지 말라고 했지만 모험을 해 보기로 했다. 재작년과 작년에는 멧돼지 발자국이 공포를 줬다. 올핸 그들의 흔적이 이상하게도 없다. 용기를 내 볼 만한 이유가 거기에도 있었다. 가시넝쿨과 낭떠러지라도 가 보자는데 암묵적 동의를 한 데는 우리 부부가 서로 의지한 때문일 것이다.

그러나 꽃길이었다.

"저기, 저 꽃 좀 봐요. 백옥같이 이뻐요. 무슨 꽃이길래
저리도 이쁠까요?'"

들에 피었다면 평범한 배꽃이었을 텐데 산속에 홀로 피
었으니 예쁘게 보일 수밖에.

"돌배꽃이야."

이 무렵 이곳에 와 본 것이 처음이라 산 중에 돌배나무
가 있는지 미처 몰랐다.

아내라는 꽃과 돌배꽃을 견줄 수는 없겠지만 왠지 닮아
있다는 생각이 든다. 산속에서 보는 그녀들은 백옥같이
맑다. 내 거짓말이 금세 탄로 난들 어디 대수던가.

돌배꽃 그늘에 둥굴레가 움을 튼다.

ㅡ「귀촌、40」

누나네 주인 엄마가 아흐레 만에 어제 돌아오셨지? 그
런데 쌩~하고 차가 마당에 당도하여 곧바로 집으로 들어
가 버리셨어. 무슨 속상한 일이라도 있는 거야? 혹시 부부
싸움이라도 하신 거야?

산은 성내지를 않아. 멧돼지가 온 산을 뒤져 놔도 나무

80

들이 뿌리를 아무리 깊이 내려도 아파하지 않고 묵묵히 받아준단다. 물을 저장해 났다가 가뭄 때 적당히 공급해 주고 철마다 나무에 꽃과 잎을 피고… 사람과 동물이 들면 안아주고 품어주고….

사람들은 인간 세상에서 밥그릇 챙기기에 급급한데 한 번씩 산에 올라 배우고 내려와야겠어.

오늘 아침에 탁구 하러 가면서 주인 엄마가 계란 프라이랑 치즈를 주고 내 머리도 쓰다듬어 주었어. 맞아, 엄마가 좀 아픈가 봐. 요즘은 의술이 발달하여 간단한 수술이면 된다니까 큰 걱정은 없는데 내 마음이 짠해. 그런데 우리 주인 아빠가 문제야. 어젯밤에 일을 안 나가셨어. 좀처럼 쉬지 않는데 말이야. 엄마가 돌아와서 좋아서 그랬을까? 산의 품은 한없이 넓어. 누가 와도 안을 준비가 돼 있어. 기쁜 사람, 슬픈 사람, 아픈 사람, 외로운 사람까지 가리지 않고 팔 벌려 환영한단다.

아
끼
없
이 주
는 나
무

코를 찌르는 듯한 이 향내 아까시꽃 향기 맞지? 아까
시나무는 천사일까? 착한 사람, 미운 사람 가리지 않고
몸을 불살라 향기를 골고루 나눠 주고… 우리 가축한테
까지 아낌없이 주는 나무야.

뒷산에서 내려온
5월의 향내가
흔들흔들
바람에 얹혀 코끝에 와닿는다

온통

소나무 꽃가루가 어루만지던
선돌길 언덕이
평정을 찾아가는 봄밤

오늘도
미래를 향한
작은 꿈 실은 택시가
산뜻하게 도로 위에 올랐다

먼 산의
아까시나무꽃향이
가까이 있는 듯 은은하게
다가와 곁에 살포시 앉는다
　－「귀촌、41」

　벌들도 비행기의 항로처럼 그들만의 길이 있다지? 길
이 아니면 가지를 않는다고 하네.
　작년에는 봄 가뭄이 심해 꿀의 양을 조절하더니 올핸
사흘 꼬박 내린 비로 인해 꿀벌에게 휴식을 주네. 비 그
친 하늘은 쾌청하고 가을 하늘처럼 높고 깊네. 벌통 집

이 답답했을 꿀벌들은 일제히 집을 나서 아까시나무를 향해 질주하네. 그 모습 장관이구나. 벌들도 욕심이 없진 않지만, 질서를 유지해 가며 집과 아까시나무를 쉬지 않고 왕복하는 광경이 볼만해. 애앵~ 선돌길 하늘이 진동할 정도의 굉음을 내는 꿀벌들은 주인 아빠 차 위에 배설물로 흔적을 남기고 가네. 올해 특히 유별나.

류현진 선수가 무실점 완벽 투구로 4승째를 수확했다는구만.

아까시나무는 땔감이 부족하던 시절 묘목으로 들여와 전국 산을 점령해 버렸어. 땔감으로 유용하게 우리에게 친숙하다가 번식력이 강해 한때 성가시기도 했지만, 꿀과 향으로 5월을 대표하는 꽃이 되었어. 우리 가축도 마찬가지지만 사람도 세상에 와서 땔감과 꿀을 동시에 못 주더라도 지구에 민폐는 끼치지 말아야 하지 않을까? 그런 사람이 뭐 이쁘다고 꿀벌은 아낌없이 주기만 해.

돌
아
가
는
길

하루 전에는 광주로 나 있는 길 위에 일제히 몰리더니
오늘은 감히 부처님이 걸어오신 길을 더듬으려 하네.

(1)
　잠에서 깼다. 해가 중천에 있다. 맑다.
남들은 이 시간에 자고 일어나면 낮잠이겠지만 나는
밤에 덜 잔 잠의 보충이다. 매일 잠에서 깨면 가는 길
이 있다. 집에서 마당으로, 마당에서 밭으로, 마당에
서 닭집으로.
그 길을 가기 위해 마당에 나섰다. 바람이 스친다. 동산
을 둘러싼 화살나무 새순이, 스무 살 처녀의 치렁치렁

머릿결같이 흩날린다. 그 너머로 간간이 꽃잔디의 진분홍 꽃이 보일 듯 말 듯 숨바꼭질하는 처녀의 입술처럼 수줍음을 탄다. 완성도 높은 한 폭의 그림이다. 잘 쓰인 시 한 수를 읊는다. 심호흡을 했다. 폐부로 빨려드는 공기가 달곰하다.

(2)
　마당을 가로질러 뒤꼍으로 갔다.
"'난 또 마실 갔나, 했지?'"
설익은 아내 농부가 채소밭을 매고 있다.
"요즘같이 바쁜 날, 누가 놀아 줄 사람이 있을까? 그나저나 조금 전에 엄청나게 큰 뱀 봤어요."
"그 구렁이인가 보지? 재작년에 집 베란다까지 들어왔던 지킴이가 또 나타났던가 보네. 구렁이는 사람 눈에 잘 띄지 않는데. 집 지킴이는 뱀이라 부르지 않고 구렁이라고 한다네."

−「귀촌·42」

　사람들은 왜 지름길로만 가려고 하지? 조금만 돌아가면 편안한 길이 펼쳐져 있는데도 조급하게 가파른 길을 오르려 한다니까.

86

사과밭에는 오늘도 구름이 몰려와 비가 내리고, 표밭에는 여러 종류의 파리들이 득실거리네. 스승의 그림자는 밟지도 말라고 했는데… 감히 석가모니는 입에 올리지도 말라고 경고하노라.

　비가 너무 자주 내리네. 염소와 꿀벌들의 수난 시대야.

　염소, 너도 성격이 급한 편이잖아? 옆집 아저씨한테 들었는데 너희 엄마도 진중하고 차분한 성격은 아니었다고 하던데, 너도 명랑한 성격까지는 좋아. 좀 촐랑대는 것만 빼고. 사람들은 대체로 성격이 급해. 우물가에서 숭늉을 찾는 식이야. 느긋하게 돌아가는 길을 택해 곰곰이 생각을 거듭한 후 결정해도 늦지 않는데 말이야. 조부님 제사 올리고 나서 복주 한잔해야지. 대낮부터 술이 거나하게 취해 있으면 안 되잖아?

둘
이

하

나

되

는

날

　오늘이 부부의 날이라면서? 우리 집 복실이 형한테 귀띔해 줘야겠네. 그렇지 않아도 복실이 형이 가끔 누나 집을 다녀가는 걸 알고 있거든.

(3)

　밭에도 길이 있다. 밭고랑이 약속된 길이기도 하지만, 뱀이 다니는 길, 개구리, 두더지가 다니는 땅속 길, 개미가 만들어 놓은 집으로 가는 길들이 있다. 무당벌레는 고춧잎을 건너다니고 나비는 하늘길로 다닌다.
　무당벌레는 보기 힘들어졌고, 두더지 길은 본 적 있으나 두더지를 본 적은 없다. 뱀 보기도 힘들어졌지만,

먹이사슬인 개구리도 줄어든 건 환경적인 문제 때문이
리라.

(4)
　해가 지면 동물들은 모두 집으로 난 길을 따라 보금
자리로 간다. 사람도 마찬가지다.
태초에 우리는 흙에서 왔다. 생물이든 무생물이든 흙에
서 왔다가 길을 따라 그곳으로 돌아간다.
고라니가 길을 잘못 들어 아스팔트 큰길에 나왔다가 로
드킬 당해 조금 먼저 떠나도 흙으로 간다.
　조금 일찍 가고 늦게 감이 뭐 대수겠는가? 그 모두가
지구를 잠깐 빌려 쓴 찰나일 뿐인데.
　　　　　　　　　　　　　　　　　　－「귀촌、42」

꿀벌이 꿀 따러 가는 길이 또 막히고 말았네. 비가 너
무 자주 내려. 우리 염소는 비에 젖은 풀을 싫어해. 건강
에 해롭다고 하더라고. 어른들이 그렇게 가르쳐 줬어.
　둘이 하나 되는 날이 바로 오늘이구나? 가정의 달인 5
월 21일을 부부의 날로 제정한 지 몇 해 됐지, 아마? 요
즘 날짜 가는 것도 잊고 살아왔는데… 염소, 너도 빨리

일가를 이뤄야 할 텐데… 우리 주인 엄마와 아빠는 알고 계실까? 오늘이 둘이 하나 되는 날이라는 사실을….

'공정과 상식'이란 문구를 내걸고 토론회가 개최되고 있네. 공정과 상식이 통하는 사회?

윗물이란 분이 비행기 타고 미국에 가셨다나 봐? 오실 때 비행기 가득 백신을 싣고 오려나 모르겠네? 바가지 박박 긁던 쪽에서는 빈손으론 돌아올 생각 말라며 엄포를 놓던데 그건 안 될 말이지. 하늘길을 막는 법은 없어. 아니아니 될 말. 최소한 둘이 하나 되는 날은 기념하게 해야 하지 않을까? 우리와 사람에겐 부부의 날을 기념할 의무가 있어. 그걸 막을 길은 존재하지 않아.

공정과 상식

공정과 상식이 통하는 세상, 있기나 한 거야?

비 갠 뒤 전깃줄에
참새
한 쌍 앉아 논다

고개 돌려 마주 보며
까르르
째째쨱쨱

저들도 둘이 하나 되는 날

있을 거야

아마도

−「부부의 날」

　부부의 날인데도 누나네 아빠는 어젯밤에 일 나가시고, 엄마는 컨디션이 안 좋다며 일찍 잠자리에 드시는 것 같던데, 맞아?

　공정과 상식이 통하는 세상이 오면 얼마나 좋을까? 우리가 할 일이 없어서 '강아지와 아기염소가 쓰는 서사시敍事詩'를 쓰고 있는 게 아니잖아? 진정 그런 세상이 있다면, 진정 그런 세상이 온다면 이 이야기는 바로 마침표 찍을 수도 있을 텐데 말이야.

　그럴 줄 알았어. 둘이 하나 되는 날인데도 누나네 주인 아빠, 엄마 혼자 두고 일 나가시더라니⋯ 차가 말썽을 부렸다면서?

　오늘 지인 결혼식이 있어 두 분 함께 대구를 가시기로 돼 있거든. 그런데 새벽녘에 차도 없이 걸어 들어오시더라니까. 나도 깜짝 놀랐잖아. 그런 적이 없었거든. 차를 시내 정비소에 두고 오셨나 봐? 부부의 날을 기념하고 일 나가시지 않았으면 차가 멈춰 서는 일은 발생하지 않았을 텐데 말이야. 우리 주인 아빠, 벌 받은 거야. 언제 정비 끝내고 대구 결혼식에 갈꼬? 공정과 상식이 통하는 세상이 열리면 매일 부부의 날일까? 오늘 새 출발하는 젊은 부부는 매일 부부의 날이기를….

스무이레

갓바위 다람쥐는 알까

비 그치고 난 계절은 신록을 불러 세워 여름을 예약하네. 볕은 점점 두꺼워지고 이는 바람은 숨을 헐떡이네.

인근에 살던 그때
가끔씩 넘나들던
팔공산 자락에는
신록이 여전한데
스무 해
포개 놓은 나이가
헐떡이며 가노라

장엄한 준령 따라

　　바위가 호령하고

　　팔공산 계곡에는

　　산새며 다람쥐도

　　솔방울

　　구르는 모습 보며

　　넋 빼놓고 웃더라

　　─「팔공산」

　누가 감히 오는 여름을 평가절하할 수 있단 말인가? 봄이 가면 여름이 도래하는 법. 봄이 채 피우지 못한 꽃이 있다면 이제라도 피워 결실을 보게 해야지. 염소가 피우랴, 강아지가 피우랴?

　주인 엄마 아빠, 어제 부랴부랴 차를 고쳐서 친척 대구 결혼식에 다녀왔다나 봐. 스무 해도 훨씬 전에 살던 칠곡 땅을 지나다가 그 시절 회상하며 추억에 젖곤 했나 봐. 우리 조카들 그때 관음초등학교에 다녔었는데… 오는 길은 고속도로를 마다하고 팔공산 코스를 택했다고 하네. 주인 엄마는 웅장한 산과 신록을 이야기했고, 아빠는 변함없이 그 자리 지키며 버팀이 되고 있는 산에 고마움을 표했다고 해.

계절은 여름을 향해 질주하고 윗물이 되겠다는 사람들은 정치의 계절에 본격적으로 뛰어드네.

입시철이 되면 수험생을 둔 부모들은 팔공산 갓바위에 올라 기도를 드리곤 했지. 진정 백성을 위하고 공정과 상식을 실천할 사람이 온다면 갓바위는 허락할 준비가 되어있다는 사실을 널리 공포하노라.

찔레꽃과 장미

백신 스와프는 불발되었다고 하네. 기껏 가지고 온 백
신의 분량은 군인 55만 명분이 고작이라고 하는군.

장미보다 단아하다
절대 헤프게 웃지 않고
말할 때는 조곤조곤
싸리 울타리를 넘나들지 않는다

흐드러지게 산천에 꽃을 피운다
누구의 허락을 받지 않고
수더분하게 그냥 그렇게 피어서

그리움을 씻는다

순하게 사는 법을 터득했다
밭둑에서
깊은 산골짝 아무도 몰래 피어
혼자 넝쿨을 쌓는다

다섯 꽃잎으로
수많은 꽃술을 감싸며
아련한 이랑을 센다
아침으로 가는 시간을 센다
　－「찔레꽃은」

　장미를 함부로 꺾다가 가시에 찔려 파상풍으로 고생하는 사람들을 많이 봤어. 숱한 사람이 가시가 있다는 걸 인지 못 하고 덤볐다가 낭패 당하는 꼴을 심심찮게 보게 되네.

　비싼 전용기 타고 미국까지 가서 얻어온 것이 55만 명분이라니…. 군인을 위한 백신 확보한 건 잘한 일이긴 한데 구태여 우리 군인의 정확한 규모를 알려야 할 필요가 있었을까?

각자 입장 차이가 있기 마련이지만 본인이 한 말속의 가시에 본인이 찔리는 수도 있다는 사실을 망각해서는 안 될 일이네.

찔레나무 가시는 장미 못지않게 촘촘하니 자기방어 수단으로 박혀 있어. 똑같이 방어 수단이기는 하지만 각기 활용 방안은 차이가 커. 장미 가시는 경계의 의미가 강한 만큼 아름다움에 취해 함부로 접근했다간 따끔한 맛을 볼 수 있음을 암시하고, 찔레의 가시는 그 누구로부터 소외당하는 이들에게 한발 다가설 수 있음을 내포하고 있단다.

과학자 윗물

봉하마을로 몰려갔던 윗물이 되려는 사람들이 백신 외교를 놓고 논란이네. 백신 1억 명분 확보하는 사람이면 윗물이 될 분위기야.

나무는 빈손으로 왔다가 빈손으로 간다. 흙에서 왔다가 흙으로 돌아가는 건 사람과 별반 다르지 않다. 그러나 모두가 우러러보는 고목으로 우뚝 서기란 그리 쉽지 않다. 너무 잘 나도 도끼에 찍히고, 연약하게 태어나도 낙락장송 되기가 수월치 않다. 올곧게 자라야 하겠지만 때론 바람과의 적당한 타협도 필요하다. 꼿꼿하게 바람과 맞섰다가는 낭패 보기가 일쑤다. 바람이 다가오면 적당하게 자리를 내어주고, 비켜 가라고 할 땐 분명한 명분을 주어야 한다.

—「귀촌﹅43」

뿌리의 역할도 마찬가지야. 멀리까지 가서 물과 자양분을 가져와야 하지만, 얌체 없이 곡식의 영양분을 몽땅 빼앗다간 마을의 수호신 고목이 될 수가 없네. 지혜와 적당한 밀고 당기기를 아는 나무만이 고목으로 몇백 년을 버틸 수가 있어. 그렇다고 불의와 타협하라는 건 절대 아니야.

다음 윗물은 과학자 중에서 찾아보는 게 어떨까? 코로나가 쉬이 끝날 것 같지 않잖아? 코로나를 잡는다고 해도 변이종이 생기고, 다른 질병이 오지 말란 법이 없잖아. 과학자가 윗물이 되면 백신을 생산할 수도 있고, 백신 생산 가능한 나라가 강대국이 될 테니까.

백신과 반도체, 어느 나무의 키가 클까?

나무가 과학일까, 정치가 과학일까? 사실 따지고 보면 인류가, 또한 지구가 과학을 토대로 서 있는 거지. 나무가, 사람이 흙에서 왔다가 흙으로 돌아가는 현상 역시

과학이야. 나무로 왔으면 고목으로 이름을 남겨야 하고,
사람 역시 이름을 남겨야 하지. 너와 나는 염소와 강아
지로 와서 잘 살다 간다, 감사해야 하고. 그러나 약 1억
년 뒤엔 그 역사도 지워야 할 거야. 지구가 새로 태어날
거니까. 그것도 과학이야.

썩
는
도
낏
자
루

회고록 한 권 나온다고 들썩이네. 대단한 사람인 모양
이군. 아무나 쓰는 게 자서전이라면 우리도 선돌길 언덕
에 와서 잘 살다 가노라고 회고록 한 권씩 남겨야 할까
보다. 강아지와 염소가 쓰는 자서전 말이야.

도낏자루는 썩고 싶지 않다. 하지만 신선놀음에 도
낏자루는 썩고야 만다. 누구는 도낏자루가 썩으면 갈
아 끼우면 그만이란다. 도낏자루 하나 갈아 끼우는 거
라지만 간단하지가 않다. 가을이나 초겨울에 나무를 베
서 최소한 6개월은 말려야 한다. 도낏자루로는 물푸레
나무가 제격이다. 물푸레나무가 그리 흔하던가. 물푸레

나무를 구별할 줄 아는 사람이 또 그리 있던가. 나무 한 그루 베는 게 대수롭지 않다면 무엇이 대수이던가.

－「귀촌、44」

　백신 접종 석 달 만에 국민 10% 달성했다고 자랑질하네. 그것도 1차 접종만이라는데….

　감동과 재미가 없는 글은 공해에 불과하거든. 감동이 없는 회고록은 세상에 나오지 말아야 해. 저 혼자 보는 자서전이라면 누가 뭐랄까? 아직 세상에 나오기도 전에 떠벌릴 정도이면 대단한 글이어야 하는데 가소롭네. 젊은이에겐 박탈감, 온 가족이 법정을 드나들며 세상을 떠들썩하게 해놓고 이 시점에 자서전이라니… 정신 나간 사람 아니야? 강아지와 염소, 우리가 봐도 웃을 일인데 무슨 변명을 하겠다는 거야? 감동을 주는 글이라면 가만히 있어도 베스트셀러가 되는 법이거든. 책이 서점에 나오지 않았다는데 지금이라도 멈추고 2, 30년 후에 뼈저리게 성찰한 후 새로 써서 내놓길 간곡히 부탁하네.

　가족의 피를 찍어 써 내려가는 심정으로 썼다고 하는데 쉽게 포기할까, 누나가 부탁한다고?

그 사람, 무슨 나라를 구한 독립운동이라도 했나? 오늘 텔레비전에 '지구를 떠나거라'라는 유행어를 남겼던 개그맨의 참 잘 산 삶을 다룬 프로를 봤는데 감동적이었어. 오늘부터 그 사람을 존경하기로 했어. 너나 나나 곧 지구를 떠나겠지만 한학자가 된 그분의 삶을 배워 보자꾸나. 사랑해.

두 달

시가 열리지 않는 나무

강아지와 아기염소

형아, 왜 이렇게 추워?

꽃샘추위가 지나가면 잎샘추위가 오는 법이지.

우수는 먹는 거야?

경칩은 와야천을 거슬러 꼬물꼬물 버들치 지느러미 타고 스며 오는 거야.

봄은 남자야, 여자야?

세상은 불가사의의 연속이란다. 너와 나, 염소와 개가 친구가 될 수 있듯이….

와야천에 개구리와 버들치가 다시 돌아올까?

봄은 얼음장 밑에서 조곤조곤 속삭이며 오지만 강은 바다로 가기 위한 예행연습을 매일 하기로 했다네.

염소와 강아지의 나이는 바다가 셈할까?

지구가 아프니까 코로나도 몸살을 앓는단다.

시가 열리지 않는 나무

형아, 날씨가 왜 이렇게 더워?

사람들은 왜 화성에 가지 못해 안달할까? 차량 속도로 꼬박 달려도 60년이 걸리고, 총알의 세 배 속도로 달려 6개월이 걸리는 먼 곳을 다투어 가려 하네. 화성엔 기후란 게 존재할까?

달엔 토끼가 살까?

겨울과 여름을 왔다 갔다 하네. 주인 아빠가 퇴근할 땐 추워서 내다보지도 않았는데 낮엔 23도라니. 새벽엔 영하 3도였으니 도대체 몇 도 차이야? 하루 기온이 천당에서 지옥의 계단을 오르내리네. 날씨가 미쳤나 봐.

산불은 어디에서 왔을까? 산토끼가 몇 마리나 살지?

산불과 산토끼의 촌수는 나도 몰라.

코로나가 산에서 내려왔을까, 화성에서 달려왔을까? 테스 형은 화성인이야?

봄과 가을이 사라지면 너무너무 슬퍼. 꽃이 필 겨를조차 없고, 볼 빨간 사과를 곁에 둘 수가 없잖아. 꽃이 없고 결실이 없으면 시인이 시를 쓸 수도 없을 거야, 아마. 시가 열리지 않는 나무는 나무가 아니야. 아기염소는 무얼 먹지?

마
음
속
의
뿔

사람이 뿔나면 무서워?

풀은 가마니처럼 바보인 척하고 있지만 성나면 맛이
다를 거야. 개 풀 뜯어 먹는 소리가 아냐. 새싹이 돋으면
비교해 봐.

강아지는 왜 뿔이 안 나?

호랑이는 뿔이 없어도 동물 세계 서열 1위에 올라 있어.

봤는데, 우리 엄마 아빠는 부부 싸움을 뿔로 하더라.
그래도 다치진 않아. 사랑싸움인가 봐.

강아지가 뿔나면 관아에 돌진해 받아버릴지도 몰라.
나 스스로 목줄을 채워 놓고 먼발치에서 코로나 다니는

길을 관찰하는 거야.

　형아는 앙칼지게 짖을 때도 있지만 내겐 무던히도 착한 강아지야.

　주인 아빤 뿔을 안 내는 것뿐이야. 누구나 무서운 뿔을 마음속에 숨기고 있어. 그러나 어지간해서는 그 뿔을 노출하지 않는단다.

코
로
나,
뿔
로
떠
받
기

사계절 동안 형아는 사료만 먹는 거야?

치즈는 사람도 좋아하지만 계란프라이는 나도 잘 먹어. 주인 엄마는 치즈를 좋아하는 만큼 나를 챙겨 주고 주인 아빠 치즈와 나에게 무덤덤해.

형아 주인 집 밭의 초록 겨울 냉이도 맛나. 그런데 형아 밥이 더 먹음직해.

목이 마르면 얼음을 혀로 핥으며 갈증을 해소하지만 족발 뼈다귀의 오묘한 맛에 비해 사료는 싱거운 요즘 사람 마냥 싱거워.

겨울 해는 싱거운 사람을 닮아 짧다고 하네. 태평양은

얼마나 넓을까?

　겨울이 지나면 봄은 건너 뛰고 여름이 바로 올지도 몰라? 지구가 점점 더워진다고 해.

　형아는 꼬리로 내 얼굴을 쓰담쓰담 하지만 사람들은 주먹으로 악수를 하는 희한한 세상이야.

　사람과 강아지는 한 방에서 잠을 잔다고 하네. 염소는 코로나를 뿔로 떠받을 수 있으려나?

입
마
개

사람들은 왜 입을 막고 다녀?

사나운 개는 길거리에 나서려면 입 마개를 해야 하고 사람은 코로나 맛이 쓰다며 마스크를 쓰고 활보하지.

코로나는 형아 사료 맛에 비해 매콤하다고 했어, 짭조름하다고 했어? 그 맛을 보고 싶어. 난 마스크 안 낄래. 풀을 뜯어 먹을 수 없잖아.

봄은 오려다가 망설이고 코로나는 가려다가 미련이 남는가 보네.

봄이 맛날까? 백신이 무서울까?

봄은 오기도 전에 낙동강 하류에서 소멸하고 말지도

몰라. 벌써 여름이 수평선 넘어 달리기를 시작했다고 하던데….

백신하고 여름이가 달리기하면 누가 먼저 도착 지점에 안착할까? 나도 경주에 참가하고 싶어. 여름이가 예쁜 여자일지도 모르잖아?

주인 엄마는 탁구 선수인가 봐. 대회에 나가서 일등 했다고 하지, 아마. 치즈는 태평양을 건너오고 있나 봐. 여름보다 먼저 도착할 수 있으려나?

태평양까지 마중 가야 할까 봐. 여름이가 길을 잃을지도 모르니까.

치즈는 길을 훤히 알고 있어. 스마트폰에 주소를 찍어 놨거든.

개
보
름
쇠
듯

형아 밥그릇이 비었네. 주인 엄마 아빠 어디 가셨어?

'개 보름 쇠 듯한다'라는 말이 있어. 사람들은 오곡밥에 갖가지 나물을 해서 맛나게 정월 대보름을 맞이하지.

염소는 오곡밥도 좋아하고 묵나물도 잘 먹어. 보름달은 코로나를 잘 먹을까?

개가 달을 야금야금 파먹을 순 없어, 부럼을 깰 순 있어도. 보름에 밥을 먹으면 여름에 파리가 들끓는다고 들었는데 그래서 형아한테 밥을 안 주는 거야?

사람들은 코로나만 무서워하지 지구가 더워지는 걸 인식하지 않아. 정월 대보름인데 날씨가 덥잖아.

우리 주인은 오곡밥을 지었으려나?

나는 파리보다 진드기가 더 무서워.

태양은 남자이고 달은 여자라고 하던데….

오늘 저녁 정월 대보름 달이 차오르면 코로나가 언제 지구를 떠날지 물어보자꾸나. 구름이 심술을 부리지 말아야 할 텐데.

보름달 먹은 하룻강아지

사회적 거리 두기란 게 뭐야?

연어는 산란기가 되면 모천인 강으로 떼 지어 돌아간다지? 그 모습 장관이란다.

와야천 많은 버들치가 동사하는 바람에 자연 거리 두기가 이루어지고 있어.

주인 아빠는 택시운전사란다. 지금은 사적 모임 다섯 명 이상 허용 안 되는 상황인데 손님이 네 명 타면 위반이잖아?

택시 타고 달까지 갈 수 있을까?

달은 보름 만에 지구까지 왔는데 택시 타면 하루 만에

달나라에 닿을 수 있겠지? 옛적엔 총알택시가 있었다고 하던데?

손님이 한 명이거나 두 명이거나 세 명일 때는 운전사 역할을 하고, 손님이 네 명 타면 투명 인간으로 변모하는 거야.

유령이 자동차를 어떻게 운전해?

보름달은 누가 먹었지? 구름이 먹었을까, 하룻강아지가 먹었을까? 설마 아기염소, 너의 짓은 아니지?

아프리카의 경이로운 수중 세계에선 사회적 거리 두기를 안 하나 봐.

말미잘은 물고기와 거리 두기를 희망하고 있단다.

열엿새 달

형아와 나는 직계 가족이야?

우리 집에 첫째, 셋째 누나가 가족을 데리고 왔어. 설 쇠고 나서부터 직계 가족은 다섯 명 이상 사적 모임 금지에서 제외됐어. 얼마나 고마운 일인지 몰라. 둘째 누나네까지 다 모이면 열네 명인데 아홉 식구라도 모여 모처럼 화기애애하네.

어젯밤에 불자동차가 왜 지나갔을까?

둘째 누나는 갓난아기 때문에 설을 쇠지 않았으니까 나이도 먹지 않았을 거야. 열엿새 달이 물끄러미 내려다보다가 신고했나 봐. 보름달, 하룻강아지에 먹힌 게 아니었어.

캠프파이어는 누가 했노? 마와 감자와 옥수수와 고구마 중 누가 가장 맛날까?

주인 아빠는 8남매 중 장남이야. 작년 설엔 스물다섯쯤 모였는데 올해는 엄두도 못 냈지.

절 값이 비쌀까? 매 값이 비쌀까?

작년 설엔 넌 태어나지도 않았으니 알 턱이 없지. 우리 주인 아빠 집에서는 지금도 8남매가 함께 모일 수가 없어. 할머니를 모셔 오면 가능한가? 그것참. 태조 이성계와 마지막 왕 순종은 직계 가족일까, 아닐까?

종이비행기

종이비행기가 서울까지 날아갈 수 있을까?

순전히 햇수로만 따지면 하준이는 나보다 1년 정도 빠르고, 솔이와 담이는 아직 아기란다. 내 나이를 사람 나이와 비교하면 서른 살 청년쯤 되니까 얘네들은 조카뻘이지.

오늘이 유관순 누나 생일날이야?

아이들이 신이 났네. 나랑 산책하기를 특히 좋아해. 등산로를 돌아 내려와서 동네 한 바퀴 돌기, 제 할머니가 끌어주는 손수레 타기, 할아버지 따라 닭 보기, 종이비행기 접어 날리기를 하는 동안 아이들은 호호 하하, 까르르까르르, 선돌길 언덕에 웃음꽃이 매화꽃을 앞질러 피었어. 이튿 밤, 캠프파이어 하는 이곳 소식도 함께 서울 둘째 누나네로 실시간 타전되고 있어.

소나무는 서서 잘까, 누워서 잘까?

대한독립 만세를 외치던 류관순 누나는 감옥에서 서서 잠을 잤다고 하네. 독립투사와 유관순 누나가 몸을 던져 피워낸 평화로운 강산에 우린 무임승차했어. 사람들은 저절로 꽃이 피는 줄 알아.

비가 오니까 엄마가 더욱 그리워지네. 형아 둘째 누나도 빗줄기에 그리움을 씻고 있겠지.

종이비행기에 간절함과 감사하는 마음을 실어 날리면 빗속을 뚫고 서울에도 갈 수 있고, 유관순 누나가 있는 하늘에도 닿을 수가 있단다.

코
로
나
와
대
포

코로나가 무서울까? 대포가 더 무서울까?

겨울에 눈이 많으면 풍년이 든다고 했어. 여긴 이틀 동안 비만 내리네. 강원도엔 폭설이 내렸다고 해. 무슨 날씨가 이래? 지금이 여름이야, 겨울이야?

올해는 흉년이 들까? 풍년이 올까?

지구에서는 코로나가 창궐하여 사람들이 아파하고 있어. 미얀마란 나라에선 대포 소리가 요란하다고 하네. 코로나가 소스라치게 놀랐다나, 뭐라나.

나는 비가 싫어.

나는 5년 넘게 살아도 대포 소리를 들어 본 적 없는데

5개월밖에 안 된 너는 대포 소리를 아는구나?

　강원도에선 눈이 코로나를 덮어버렸을까? 비가 많이 내리면 코로나가 떠내려갈까?

　비가 갑자기 눈으로 바뀌었어. 주인 아빠는 벌써 잠자리에 들었나 봐? 오늘이 쉬는 날이거든. 사정없이 눈이 내려 차를 덮고 있어. 내일 아침에 차가 사라지면 어떻게 해. 깨울까, 말까? 멍멍 멍멍. 세상에서 눈이 가장 무서울지도 몰라. 밤낮이 바뀌고 차가 사라진다면 말이야.

염
소
학
교

학교 가기 싫어.

솔방울은 꽃가루가 겯을 줄 때까지 1년을 기다렸다가 드디어 씨방을 연다고 해. 낙엽송이 훤칠하고 준수한 외모로 아무리 유혹해도 끄떡도 하지 않아.

청도에 개나 소나 콘서트가 있다고 들었어.

준이가 오늘 입학을 했다고 하네. 사람들은 여덟 살이 되면 학교에 가는데 우리 동물들도 배워야 하지 않겠어. 동물 병원은 진작 생겼잖아. 동물 학교도 생겼다나 봐.

군자도 3일만 굶으면 남의 집 담을 넘는다고 해. 사실 이야?

동물 병원 의사가 언제까지 사람이어야 할까? 우리도 배워서 우리의 치료는 우리 동물들이 해야 하지 않겠어? 배우지 않으면 영원히 사람한테 우리 아픈 몸을 맡길 수밖에 없단다.

비 온 뒤에 땅이 굳는다고 했는데 눈 온 뒤에도 땅이 굳을까?

반드시 학교에 가야만 학문을 닦는 게 아니긴 하지만, 우리 강아지와 염소가 의사가 되려면 사람이 차려 놓은 학교에 가서 의술을 익히는 수밖에 별도리가 없어. 훌륭한 동물 의사가 되기 위해서는 여덟 살 손자한테서도 배워야 하고 솔방울에도 배워야 해. 배워서 남 주는 거 아니다. 우리 주위에 코로나 따위 얼씬도 못 하게 해야 하지 않겠니?

문
명
앞,
문
명
뒤

인간만이 가치를 매길 수 있다나 봐.

농업이란 땅을 이용하여 인간 생활에 필요한 식물을
가꾸거나 유용한 동물을 기르는 산업이란다.

울어야 젖을 준다고 했는데 나는 배가 고프면 형아 집
에 와.

'문명 앞에 숲이 있고 문명 뒤에 사막이 남는다.'라고
했다.

지구는 자전과 공전을 거듭한다지?

아기염소, 너 참 많이 유식해졌구나? 지구에 온 지 5

개월밖에 안 되었으면서 말이다. 나 몰래 학교에 입학했어? 음~ 언젠가는 우리가 이 세상을 지배할 날이 올 테니까. 어제 말했듯이 배워야 해.

나는 오다가다 주워 먹을 뿐이야. 배가 고프면 형아 사료 얻어먹으러 오고….

지구의 역사도 알아야 하고 태양계, 천문학도 섭렵해야 해. 대한민국 국토의 3분의 2가 산이라고 하네.

그럼 바다는?

지구에 마지막으로 남을 자 인간이라고 누가 말하는가? 우주를 지배하는 자 개와 염소가 아니라고 감히 누가 말하는가!

지
구
의

가
격

지구를 팔면 얼마나 받을까?

주인 아빠가 8년 전에 이 집을 지을 때 3천 원이 들었대. 5년 전에 둘째, 셋째 누나가 서울에 집을 살 때 각각 3천 원씩 주고 샀어. 그런데 지금은 1만 오천 원짜리 부자가 되었고, 주인 아빠는 2천 원짜리 걸뱅이가 되었어.

들어가 봤는데, 형아 집은 너무 비좁아. 난 부자야. 하늘 아래 온 천지가 내 집이거든.

주인 아빠 친구들이 서울로 이사 가자고 난리야. 여기 땅 팔아 서울 가면 아파트 베란다 하나도 못 사는데 어떻게 서울을 가려 하지?

새가 하늘을 날기 위해서는 수없이 반복하여 날갯짓 하는 것처럼 '배움은 끝이 없다'라는 논어 학이 편에 나오는 여조삭비如鳥數飛란 말이 있어. 좀처럼 내가 문자를 안 쓰는데 오늘 유식한 척해 봤네. 내가 염소 맞아? 사오정 아냐?

중병 앓고 있는 지구를 살 우주인이 과연 있을까? 우주견이면 혹시 모르지? 싸게 사서 청정 지역으로 바꾸어 인간을 지배하고 떵떵거리며 살지 아무도 모르는 일이잖아?

열나흘

능구렁이 담 넘듯

봄은 와야천 거슬러 오는 거야?

봄 길 따라
더디게 오는 바람결
수다 떨다 산등성이 넘는
조막만 한
돌부리에 챈 조각구름
불타는 저녁놀 앞에
숙연해지는 마른 잎새 하나
-「봄 밤」

개구리가 겨울잠에서 깨어난다는 날인데 왜 한 마리도 안 보이는지 모르겠다. 정작 사흘 전 비 오는 밤 도로에 나왔다가 자동차 바퀴에 다친 개구리는 보았어. 추워서 땅속에 다시 숨었을까? 개구리 신문에 코로나가 동물에도 위험하다고 대서특필 되었다고 하던데 그 신문을 보았나?

봄은
남녘에서
하롱하롱 불어오는
바람에 묻어올까

겨울이
겨울이 아니고
봄이
봄이 아니네

능구렁이 담 넘듯
소리 없이 왔다가
봄 눈 녹듯
몰래 사라지는
–「봄은」

개구리는 코로나를 무서워할까? 자동차 바퀴를 더 무서워할까?

　　　나지막이 너의
　　　촉촉한 목소리
　　　어둠 헤집고 와
　　　몽롱한 잠결에
　　　속삭속삭속삭
　　　귓불로 흐른다
　　　아가 깨울까 봐
　　　야트막한 언덕
　　　소나무 그 많은
　　　나이테 적시고
　　　스스슥스스슥
　　　가슴에 스민다
　　　—「봄비‧1」

평화의 소녀상

평화의 소녀상, 저 누나 알아.

우리 고장에 매화가 가장 먼저 도착하는 곳은 웅부 공원 평화의 소녀상 옆 나무란다. 관리하는 사람이 가지를 싹둑 잘라 버려 올해는 탐스럽게 꽃을 데려오지 못했어.

형아, 꽃은 제주도에서 데려와?

저 소녀상, 긴 겨울 얼마나 추웠을까? 목도리를 해 준 사람 소녀상 누나만큼 착한 사람일 거야. 마스크를 채워 줘서 코로나도 안 걸렸대.

맹자를 대학자로 키워낸 사람은 어머니라고 하는데,

맞아?

지난겨울이 유난히 추웠잖아. 너 같았으면 열 번, 스무 번 춥다고 징징거렸을 거야. 소녀는 자라서 할머니가 되고 세상을 떠날 때까지 추워도 춥다, 하지 않았고 배고파도 배고프다, 말하지 않았어. 눈 속에서도 만개하는 매화처럼.

벚꽃은 언제 선돌길 언덕까지 올까?

매화가 웅부공원을 지나 우리 곁에 오려면 보름 정도 지나야 해. 이곳 날씨가 그만큼 추워서이기도 하고 주인 아빠가 품종 선택을 잘못한 때문이기도 하단다. 평화의 소녀상 나도 아는 누나야. 우리들도 다 아는데 사람들은 당연히 알고 있겠지?

망각의 세월

　일본 사람 왜 그래? 하버드대학 교수한테 거짓 논문을 쓰라고 했다지?

　'여자의 일생'이란 유행가가 있단다. 어머니로서의 삶, 할머니로서의 삶, 유척鍮尺으로 어떻게 가늠할 수 있을까? 여자의 한恨, 그 깊이를 아무리 긴 줄자라도 잴 수가 있겠니?

　지구가 꽉 찼어. 어차피 버릴 나라, 필요 없는 사람은 버려야 하지 않을까?

　지구 밖 우주는 광활해. 벌레들이 지배하는 나라도 있을 것이고, 공룡보다 더 큰, 무시무시한 뿔을 가진 동물들도 저 나름의 왕국을 세워 놓고 있을 것이야.

공기도 없는 별에 보내면 불쌍하지 않을까?

여자란 이름으로 지구에 오면 누구나 어머니가 되고 할머니가 된단다. 사람들은 정해진 순서대로 밟고 가길 왜 부정하는지 몰라? 그렇다고 망각의 세월만 달릴 수가 없어. 지운다고 지워지는 것이 아니니까.

우주에는 시詩의 나라가 있을까?

분명한 사실은 지구 밖으로 보내야 할 나라와 사람이 있다는 것. 뻔뻔한 그들은 어디서 산소를 훔쳐서라도 숨은 쉬겠지만, 외로움과 추위에 찌들어 고통스러운 삶을 살 거야.

보
릿
고
개

　이 향 뭐지? 냉이 향은 알겠는데 깨소금 볶는 냄새 같은 건?

　보릿고개라는 말이 있었어. 염소 년, 냉이와 꽃다지 새순을 맛나게 먹기도 하고 마른 잎도 곧잘 먹잖아. 마지막엔 내 밥으로 배를 채우고….

　요즘도 밀을 심어?

　춘궁기를 넘기란…그 고개 어찌나 높고 험준했는지… 냉이와 꽃다지는 하양, 노랑꽃으로 대결하고 보리가 익자면 하세월이고….

　라면 끓여 먹지?

학교에선 강냉이죽을 줬어. 그것도 실컷 먹을 수나 있었나? 죽은 게 눈 감추듯 위에 보관하고, 강냉이 빵은 책보자기에 책과 동무 시켜 집에 데려왔지. 먹고 싶은 욕망을 꾹꾹 눌러 참으며. 빵조각이 나눠질 때 내 것이 조금이라도 크면 기분이 날아갈 듯 좋았어.

아까 형아 엄마, 아빠 손 잡고 냉이 캐며 알나리깔나리 하더라.

가뜩이나 양식이 부족하던 시절에 공공의 적이 있었어. 곡식을 10분의 1이나 축내는 바로 쥐야. 꼬리를 잘랐지.

숙제하기 싫어.

쥐도 함께 우주 밖으로 보내는 게 어때? 우리 집 안방더는 기웃거리지 말고 어둡기 전에 너희 집에 가렴. 내일 또 와.

귀
족
왕
버
들

국수 먹고 싶어.

밀밭도, 보리밭도 우리 시야에서 사라진 지 오래야. 생
명이란 생물이 살아서 숨 쉬고 활동하는 힘이란다. 동물
이든 식물이든 자연스럽게 띠를 형성하고 순리에 순응
하며 물 흐르듯 흘러가는 것이 지구를 굳건히 지키는 힘
이 될 것이야.

대마는 아무나 재배할 수 없고 왕버들은 잘난 사람만
심을 수 있는 거야?

식물의 50% 이상이 벽으로 이루어져 있어. 나머지는
물이지. 사람의 피부가 벽으로 세워졌다면 과연 몸을 지

탱할 수 있을까? 염소, 넌 식물의 벽을 무너뜨릴 수가 있겠지?

사람과 동물 사이에, 사람과 식물 사이에 벽을 무너뜨리면 지구에 평화가 올까?

보리가 익어갈 때, 밀이 익는 계절이 다시 돌아온다면 입가에 새까맣게 검정으로 먹칠한다고 해도 밀사리를 해서 먹을 테야.

마스크는 필요 없겠지?

국수의 역사는 고려 시대쯤으로 짐작되나 삼국시대로 거슬러 올라갈 수도 있어. 한때는 귀족 음식으로 대접받던 시절도 있었다고 하네. 흑염소도 그 시절로 돌아가면 귀한 대접받을 텐데.

청
보
리
축
제

청보리 축제라는 게 있다지?

디딜방아는 주로 밤에 찧었단다. 낮엔 아버지와 할아
버지가 도리깨로 타작하여 알곡을 터시면 우리의 어머
니와 할머니는 밤새 방아를 찧으셨어. 화강암을 움푹 퍼
낸 확에 겉보리 두어 되를 먼저 넣어. 어머니는 발을 교
대로 디딜방아 찧고 할머니는 튀어나오는 보리를 욱여
넣으셨지. 겉보리가 보리쌀로 바뀌는 과정은 수월치가
않아. 자시子時가 되어서야 보리쌀 한 됫박을 얻었어.
어머니는 인시寅時쯤에 일어나셔서 보리쌀을 씻어 안
치고 삶기 시작해.

올해 벚꽃축제가 작년에 이어 또 취소되었다나 봐?

떡을 좋아하는 주인 아빠가 토요일에 집에 들면 어머니가 기장 인절미를 해 주셨대. 이찰떡은 명절이나 제사 때 맛볼 수 있는 귀한 떡이야. 방아 고를 참나무 고로 바꾸고 떡메 대신 찐 기장쌀을 확에 넣고 찧었어. 주인 아빠도 디딜방아 찧는데 한몫했다나 봐.

논을 밭으로 바꾸고 밭에 아파트를 짓는다고 하네.

음식으로 장난치는 사람 나빠. 공무원이 거짓으로 농사짓는다며 토지 사는 것 나빠. 보리 심어 수확도 않으면서 청보리 축제하는 사람 나빠. 농토에 아파트 짓는 사람 더 나빠.

농자천하지대본

우리나라가 쌀 자급 국가 맞아?

WTO, 식량 안보… 그런 어려운 말은 차치하고라도 강대국의 압력에 의해, 혹은 쌀이 남아돈다며 밀 농사, 보리농사 포기한 건 아주 잘못한 일이야.

선성현에 가면 정승이 있어?

네가 요즘 덩치 컸다고 내게 막 덤벼? 세상에 온 지 5개월밖에 안 된 녀석이… 나는 벌써 5년이야. 자꾸 까불면 혼나는 수가 있어. 감히 염소가 개에 이기려고 하다니… 뿔로 떠받으면 다일까?

빵은 쌀로 만들어, 밀가루로 만들어?

안동국시가 있어. 우리 고장에서 농사지은 밀로 국수를 만들어 머었지. 정미소에 밀가루 빻는 기계나 보리방아가 사라진 지 오래됐어.

나는 아무리 먹어도 왜 배가 고플까?

우리가 언제부터 배곯지 않았다고… 밀 보리를 깔보고 쌀이 남아돈다고 자연 보호지역과 농토를 마구 까뭉개고 있어. 우리나라가 필리핀이나 양식 모자라 기아에 허덕이는 빈국으로 가지 말란 보장이 없어. 농자천하지대본이라고 누가 말했지?

농민에겐 그 흔한 지원금도 안 준다면서?

반도체와 자동차를 삶아 먹을 수는 없는 노릇이잖아?

하
늘
그
릇

비 오는 날의 수채화 누가 쓰나?

옛 그림 지운
선성현 잠긴 호수
하늘과 대치하다
먹구름에 덮였다.

구름 뒤 그믐달
새벽 품은 줄 누가 알까?
물속 초저녁 별
늪에 빠진 줄 하늘이 알까?

달도 별도
비 오는 날의 수채화
그릇에 담은 호수
하늘이 비좁다.

선성현 호수 위에
붓 한 자루 놓았다.
그림자 속
그 밤이 그랬듯이.
—「그릇」

　여의도 이상한 사람들, 저들이 윗물인 줄 착각하는 것
같아.

텃밭 낮은 둑
매실 나뭇가지에
대롱대롱 물방울
준이 반 아이들처럼
나란히 한 줄로 섰다

아이들 한 입으로
잠꾸러기 매화 아가씨
꿈속에 들어가
봉오리 열고 나오라고
귀엣말 들려준다

비 그친 오후
열린 하늘에서 내려온
흰나비 한 마리
응원의 날갯짓 나풀나풀
빠르게 느리게 봄바람인다
나무 그늘 아래 고개 든 냉이
속삭속삭
그들 대화 경청하다가

산수유 아래 꽃다지
노란 꿈속 함께 가자
노랑나비 곁을 준다
하양 노랑
새내기 손주 반 아이들
맑은 꿈 담을

하늘 그릇 비좁다
　－「하늘 그릇」

　검찰총장은 얼마나 높은 사람이야?

　사람들은 구름 속에 그믐달이 떴는지 호수 깊은 물속에 별이 몇 빠졌는지 도통 관심이 없어. 호수라는 그릇에, 지구라는 그릇에, 하늘이란 그릇에 탁류로, 탐욕으로, 거짓으로 꽉 채워져 비집고 들어갈 틈이 없어. 그릇이 비좁다는 사실을 아는지 모르는지?

　비 오는 날의 수채화 누가 썼나?

　그래도 아이들의 하양 노랑 마음속엔 맑은 꿈이 있어. 하늘 담을 그릇이 비좁을 만큼.

비
행

나는 굵고 짧게 살 거야.

아이들을 봐봐. 막 초등학교에 입학하고, 유치원 병아
리 반에 들어간 천진난만한 저 아이들의 티 하나 없는
맑은 영혼에 탁류가 흘러서야 되겠니? 저 들판을 봐봐.
겨우내 혹독한 추위와 맞서다가 일어서는 힘찬 기운들,
매화나무 벚나무 산수유 자두나무 복숭아나무 목련….

와야천에 개구리가 돌아왔나 봐. 버들치는 아직이야.

긴 터널 지난 일벌들이 용케도 꽃을 찾아가는 것 같지
만 그들만의 발단된 후각과 반복된 훈련을 통해서만이
가능하지. 산모롱이 돌아 언제 매화가 피는지 가늠하고,

어느 산 중턱 산소에 제비꽃 피는지 다 알고 있어. 그냥 꿀만 따 오는 게 아니야. 매화에 용기를 주고 외롭게 핀 제비꽃엔 위로와 희망을 불어넣고 와.

선돌길 동산에 언제 꽃이 활짝 필까?

어른들 몫이지. 아이들이 그냥 자라는 게 아냐. 호수가 평온한 것처럼 보이지만 바닥은 썩어서 신음하고, 지구가 아파하고 있어. 이제라도 썩은 강을, 중병 걸린 지구를 치료해야 해. 아이들에게 최소한 어른들의 양심이라도 보여줘야 하지 않을까?

금송은 심어 가꿔 기둥 세우려나?

세상을 가다 보면 두 갈래 길과 맞닥뜨릴 때가 있어. 어느 길을 선택하느냐에 따라 운명이 바뀌는 법이지.

사람들은 아까운 목숨을 왜 버릴까?

아름다운 강산으로 반드시 돌아올 거야. 아이들이 희망이고 지구의 미래야. 선돌길 동산에 꽃이 만발할 날이 머지않단다.

꽃,
그
리
고
꽃

형아 집은 너무 포근하고 아늑해. 나, 여기로 이사 오면 안 될까? 동산도 청정 지역이야. 마른 풀이 아직 싱싱해. 무엇보다도 형아 주인 아빠가 나를 좋아하는 것 같아. 한 번도 쫓아낸 적이 없고 이상한 기계로 뭘 자꾸 찍기만 해. 내가 그렇게 잘 생겼나 봐.

아이들이 입학은 같은 날 하는데 꽃은 왜 다른 날 필까? 아이들이 많이 태어나서 학교에 나오는 것도 기쁜 일이고 꽃 피는 것도 기쁜 일이거든. 아이들은 나라의 꽃이고 우리의 미래잖아. 꽃이 많이 피는 나라일수록 장래가 밝아.

미세 먼지, 초미세 먼지. 쟤들 뭐야?

지구에는 아직 ~~동물들~~이 많이 존재해. 자연환경 변화에 의해서, 또한 먹이사슬의 변화 때문에 위기에 처한 동물이 많긴 해. 사라진 동물도 많고….

호주라는 나라에 신비의 프레이저섬이 있다네.

너, 참 아까 내 집에 들어앉아서 밥을 훔치는 것도 모자라 영역 표시까지 하더라. 두 앞발로 바닥을 긁고 집 주변에 몸을 비벼 흔적을 남기더구먼. 아예 네가 내 집을 차지할 참이니? 아 참 그때 너, 쉬를 한 것 아니니?

우린 동물 중에서도 왜 가축으로 분류해?

우리가 인간으로부터 사육되는 이상 아무리 애완견, 애완 염소라 하여도 한 개인의 일시적인 꽃일 뿐이지만 아이들은 나라의 꽃이고 지구의 미래란다.

뜬
눈,
감
은
눈

프레이저섬에 가 보고 싶어. 키가 무려 30m 이상 자라는 나무가 있다나 봐. 그런데 나무 이름을 까먹었어. 그 섬에서만 자란다고 하니 가서 나무에 물어봐야지.

우리가 분명한 서열이 있듯이 동물 세계 전체를 봐도 고등동물, 하등동물로 분류되고 먹이사슬이 존재해. 높은 등급의 동물은 나름대로 그 지위를 놓지 않기 위해 부단한 노력과 리더의 노련한 통솔력으로 자리매김하지. 하등동물이라고 해도 무방비 상태로 가만히 있지는 않아. 무리가 똘똘 뭉쳐 왕초를 중심으로 힘을 기르고, 튼튼한 몸만들기로 진화를 거듭하지.

나는 흉내만 냈지 한 번도 형을 떠받은 적은 없어.

너는 두 달 만에 부모로부디 젖을 떼고 홀로 남았시만, 본능적으로 영역 표시도 할 줄 알고 살아가는 방법을 터득하는 기특한 염소야. 오늘도 내 집을 넘어뜨리고 하던데 통째로 네 것으로 가져가는 건 안 돼. 아무리 우리가 이웃사촌이지만 엄연한 동물 세계의 서열 파괴이고 반칙 행위야.

보이스피싱도 직업일까?

우리를 먹이기 위해 사료를 만드는 과정에서도 미세 먼지가 많이 발생한대. 우리도 초미세 먼지 발생에 자유로울 수가 없어. 그렇다고 사료를 만든 사람에게 책임을 전가하고 싶지도 않아. 오늘은 황사까지 덮친다고 하는데 사면초가야. 어떻게 하면 좋을까? 가만히 보고만 있어야 하나? 봄꽃이 눈을 떴다가 다시 감아버리면 낭패 아닌가.

공룡은 공룡류?

공룡은 조류일까, 파충류일까?

한반도에도 범이 돌아왔으면 좋겠어. 먹이사슬이 무너지니까 고라니가 기승을 부리고, 멧돼지가 왕초 노릇을 하려고 해. 힘센 육식동물이 사라지자 물 만난 멧돼지가 판을 치네. 고라니는 요 앞까지 내려와 나를 깜짝깜짝 놀라게 해. 멧돼지도 텃밭 고구마를 여물기도 전에 추수해 버린다니까.

완두 실험으로 유명한 오스트리아 출신 성직자이며 박물학자인 멘델은 '나의 시대는 반드시 온다'라고 했다는데 지금이 멘델 할아버지의 시대야?

158

2억 년을 거슬러 가서 공룡의 유전자를 분석할 수는 없는 노릇이지만, 자동차의 유전자는 자율 수행으로 화성까지 갈 수 있게 조작이 가능해졌어.

AI는 태백산맥에 호랑이 놀이터를 만들 수 없을까? 호랑이는 고구마밭 따위엔 관심도 없을 테니까.

아무리 시대가 변하고 과학이 발달해도 해서 될 것이 있고 윤리적으로 하면 안 되는 것이 있어. 유전자를 조작하여 강아지가 염소가 되고, 염소가 호랑이로 탈바꿈할 수는 없는 노릇 아니겠니?

범
내
려
온
다

범이 못 내려오는 이유는 뭘까? 형아, 범은 코로나를 무서워할까, 초미세 먼지를 더 무서워할까?

국제 생태계 서비스 측면의 산림 기능 중 공익적 가치는 인간이 자연의 다양한 생태계 기능으로부터 직간접적으로 얻는 이익 총량이란다. 네가 아무리 동물 학교에 다닌다고는 하나 무슨 말인지 알아들으려나? 말하고 있는 나도 감이 올 듯 말 듯한데….

치산치수가 뭐야?

숲속에 미생물이 없다면 낙엽으로 산을 덮을 수밖에 없고, 깊은 산에 범이 떠나고 나니 멧돼지가 주인 행세를 하네. 이건 안 될 말이야. 날이 갈수록 농사는 사람이 짓고 추수는 고라니와 멧돼지가 할 테니까.

나, 학교 가야 한다니까.

주인 엄마 아버지가 호랑이를 본 적 있다고 했다나 봐. 그렇다면 100년 전까지는 우리나라에도 호랑이가 살았다는 증거인데 시대를 되돌릴 수는 없을까?

호랑이는 곶감을 무서워한다고 했잖아?

생태계 균형을 맞추고 아무리 그 시대로 돌아간다고 해도 범이 발붙이기는 어려울 것이야. 지구 온도가 상승하다 보니까 생태계 교란이 왔고, 초미세 먼지에 코로나가 극성인데 범이 어찌 산에서 내려올까?

ㄴ
ㅐ
탓

호랑이에 물려가도 정신만 차리면 산다고 했는데 나는 호랑이에 물려가고 싶지 않아. 여기가 천국이야.

사람이 일상적으로 먹고 사는 음식물을 통틀어 식품이라고 한단다.

그럼 곤충들을 뭘 먹을까?

GMO라는 꼬부랑 글씨가 있다나 봐. 농산물 생산량 증대와 유통, 가공 상의 편의를 도모하기 위하여 유전자 재조합 농산물을 개발하기 시작했대. 유전공학 기술을 이용하여 기존에 나타날 수 없는 형질이나 유전자를 지니도록 개발한 농산물이라나 뭐라나?

형아는 집이 있어 좋겠어. 난 주인집 처마 밑에 기거해. 그것도 LH 탓일까?

사람들 참 답답해. 유전자 재조합 농산물은 아직 검증이 안 되어 가축 사료로만 쓰고 자기들은 먹지 않는다는 구면. 그런데 그 사료 먹은 닭을 정신 나간 사람도 먹고, 동물원의 호랑이도 먹는단다.

옥수수는 준이가 잘 먹어.

과연 동물원의 호랑이를 산으로 돌려 보내면 야생에서 적응할까? 정신 못 차린 사람을 산으로 보내면 호랑이와 반갑게 조우할까?

빈
뜰

형아 주인 엄마 어디 갔어?

틈새로 드는 향내
수상한 빈 뜰에는
한양 간 철부지 양
실루엣이 아른아른
오직
비벼 저며 아린 눈
꽃 그리다 타는 놀
－「빈 뜰」

아름다운 구속이 존재할까?

나는 배가 고파. 사랑의 배도 고프고, 주인 엄마가 수던 맛 난 간식을 먹지 못해 허기가 날 지경이야. 넌, 내 사료를 잘도 먹지만 난 죽지 못해 먹어. 사실 영양가도 맛도 없어.

AI가 시를 쓴다는 말은 들어봐도 강아지가 시를 쓴다는 건 금시초문이야.

주인 아빠는, 엄마가 쌍둥이 돌보러 서울 간 지 열흘째인데 그사이 한 번도 치즈나 계란프라이를 주지 않았어. 아마 주인 아빠는 계란프라이를 만들 줄 모르나 봐? 딱딱해서 도저히 먹기도 힘든 소 뼈다귀와 말라비틀어진 돼지 껍질만 던져주고…

한양까지 가려면 며칠이나 걸릴까? 해인이와 정인이는 예쁠 거야?

엄마가 보고 싶어.

주인 엄마, 오늘 안과 병원에 다녀왔다더니 내가 눈에 밟히지도 않는가 봐. 엄마가 너무 보고 싶다.

별
식

하늘에서 내려오는 물방울을 왜 비라고 했을까? 눈이
라고 할 수도 있잖아? 한글을 만든 세종대왕께 찾아가
서 여쭤봐야 하나?

주인 아빠가 어제 우리 대화를 엿들었나 봐. 오늘 아침
에 특식이 나왔어. 계란프라이와 우유까지 내왔더라고.
오늘이 내 생일인가? 나도 내 생일을 알지 못하니까. 부
모를 찾아가 물어볼 수도 없는 노릇이네.

난, 비도 눈도 싫어. 봄비가 왜 이렇게 자주 온담?

주인 아빠가 계란프라이를 할 줄 모르는 게 아니었어.
밥은 당연히 할 줄 알겠지? 굶고 다니지는 않는 눈치야.

나의 별식은 천지에 널렸어. 바위와 형아 아빠 택시 빼고는 못 먹는 게 없어. 비가 온다고 형아가 집을 안 내어 주었잖아. 그래서 난, 형아 집 황토방 추녀 아래에서 종이를 뜯어 먹었잖아. 먹을 만했어.

　하염없이 비가 오네. 코로나와 초미세 먼지를 말끔하게 씻어가면 얼마나 좋을까?

　형아, 잠깐만.

　너, 눈 깜찍할 사이 내 집에 들어갔네. 나, 언제까지 비 맞고 서 있어야 하니? 다리도 아프고 추워 죽겠어. 인제 그만 임무 교대하자니까.

개
띠,
염
소
띠

형아는 무슨 띠야? 허리띠, 머리띠 그런 것 말고….

일체유심조一切唯心造란 말이 있어. 세상사 마음먹기에 달렸다는 뜻이야. 어차피 주어진 똑같은 상황이라면 부정적인 생각보다는 긍정적인 생각으로 마음을 고쳐먹으면 결과가 크게 달라지는 법이란다.

형아 주인 아빠는 참 좋은 사람이야. 그런데 택시는 무서워. 받아버릴 것처럼 돌진해 오는데 내 뿔로는 도저히 감당이 안 돼. 택시가 나타나면 줄행랑을 치는 이유가 거기 있어.

치즈가 먹고 싶은데 엄마는 감감무소식이네. 주인 엄

마는 내가 보고 싶지 않은가 봐. 전화 한 통 없다니까. 아마 쌍둥이를 돌보느라 정신이 없는가 봐.

돋보기로 보면 마음을 읽을 수 있을까? 나이테는 돋보기로 봐야 잘 보인다지?

비 그치고 나니 오늘 무척 춥네. 군불도 안 때는 것 같은데 주인 아빠,

어떻게 방을 데웠나 몰라?

형아 주인 엄마가 형아만 좋아하는 이유를 오늘 알았어. 개띠라면서….

주인 아빠가 너, 염소의 우리 집 출입을 허락하고, 먹을 걸 챙겨주는 이유는 염소띠이기 때문인가?

석 달

앉은뱅이꽃 서서 걷다

민들레 백신

동의보감이 시집이야? 소설책이야?

채근담에 이런 말이 나온다고 하네. '사나운 바람과 성난 비에는 새들도 근심하고, 갠 날씨와 밝은 바람에는 풀과 나무도 기뻐한다. 그러 하건대 천지에는 하루도 온화한 기운이 없어서는 안 되며, 인심에는 하루도 기쁨이 없어서는 안 된다.' 무슨 말인지 알 듯도 하고 모를 듯도 한데, 너는 학교에 다니고 있으니까 쉽게 이해할 수 있지?

천연두를 왜 마마라고 불러?

허준 박사님이 이 시대 사람이었다면 우리나라에는

코로나가 얼씬도 못 했을 거야. 백신도 맨 먼저 개발하여 세계 각국에 수출하지 않았을까? 코로나 치료 약은 진작 만들어 놓고 기다렸다가 요긴하게 썼을 테고.

흑사병이 더 무서울까? 코로나가 더 무서울까?

아스트라제네카 백신, 화이자 백신… 너무 어려워. 민들레 백신, 소나무 백신. 얼마나 부르기도 쉽고 아름다워? 토종 흰민들레에서, 금강소나무에서 추출물을 뽑아 백신을 만들 수는 없었을까?

오늘은 바람이 와서 초미세 먼지를 모두 데려갔나 봐.

허준 박사님의 후예 우리 민족은 강해. 머지않아 코로나가 바람에 스러지고 새와 풀과 나무가 기뻐하는 날이 올 거야.

김
치
백
신

김치 싫어. 너무 맵단 말이야.

이제 네 마리밖에 남지 않았지만, 뒤뜰에 사는 내 또래 닭들은 밭고랑에서 빨간 고추를 마구 쪼아 먹었어. 특히 고추씨를 좋아해. 날개 달린 조류는 세상사가 눈물 나도록 맵다는 사실을 모르나 봐.

우리도 백신을 맞을 수 있을까?

경제 대국 10위에 속한다는 우리나라에 백신이 도착한 것은 세계에서 백두 번째라고 하네. 이제 겨우 1% 남짓 접종받았어. 전 국민이 100% 마친 나라도 있다고 하는데…. 그것도 다른 나라에서는 잘 사 가지도 않는, 이름도 어려운 아스트라 뭐라고 하는 백신을 많이 사 왔다나…. 나도 깜빡깜빡하다 보니 어제 알던 것도 오늘 까먹어. 그 백신을 맞고 죽은 사람도 있다고 해. 살려고 주사 맞고 죽은 사람, 얼마나 억울할까? 아스, 뭐라 했지? 그 백신 난 안 맞을래.

어제는 고마운 바람이 달려와서 초미세 먼지를 데려가더니 오늘은 어디 다녀왔는지 황사를 모셔왔네. 그 바람, 미워 미워.

과학적으로 증명은 안 됐다고는 하나 우리나라 김치에서 코로나 면역력이 있다고 해. 우리 과학자들이 김치, 된장 같은 걸 이용해서 코로나 백신을 연구해 봤으면 좋겠어. 누가 아니? 강력한 백신이 나올지도 모르잖아? 허준 박사님께 달려가서 여쭤보고 올까?

앉은뱅이꽃 서서 걷다

서울시장이 높아? 부산시장이 높아?

생강나무는 생강 향을 품었지만 산수유는 산을 품을
수가 없었다. 산은 섣불리 나무에 속내를 드러내지 아
니하였고, 매일 가지에 하루라는 이름의 숙명적인 숙제
거리를 걸어 두었다. 그러나 나무가 산에 애걸하여 곁
을 얻어낸 건 아니다. 다람쥐 한 마리, 산비둘기 한 쌍.
구구구 산속에 들어 나무를 매개로 살아갈 수 있는 터
전에 붙박이로 서 있길 작정한 것뿐이다.

– 「앉은뱅이꽃 서서 걷다」

선거는 왜 히는 기야? 가위바위보로 셜정하면 될 걸 가지고….

산비둘기는 태초부터 산에서 살지 않았지만 숲의 배려로 산꼭대기까지 올라갈 수 있었고, 날갯짓으로 바람을 일으키는 걸 터득했다. 산은 드디어 비둘기 이름 앞에 산을 얻을 수 있게 허락했다.

쉿, 내가 아기여서 뭘 모른다고? 알 건 다 알아. 모르는 것이 더 많긴 하지만. 나도 남자야.

그 후 산은, 소나무가 밤에 누워 잠을 자든 말든, 생강나무에 산수유꽃이 피건 말건 상관 않기로 했다. 앉은뱅이꽃이 서서 걷건 말건 산비둘기가 거위알을 낳든 말든 상관 않기로 했다. 산이 산이길 스스로 포기하고 산이 바다라고 우기지만 않으면 말이다.

생강나무의 본질

생강나무를 캐면 뿌리에 생강이 주렁주렁 달렸어?

북쪽에서 오늘 또 탄도 미사일 두 방을 쏘아 올렸다고 하네. 그 돈으로 동포들한테 이밥에 쇠고깃국을 끓여줬으면 배불리 먹었을 텐데….

욕하는 사람이 나빠, 거짓말하는 사람이 더 나빠?

조카 아이들이 오면 어김없이 함께 앞산으로 산책을 하러 가거든. 그때 보니까 길섶에 생강나무가 많이 있었어. 그런데 한 번도 뿌리를 캐 보지 않아서 생강이 열렸는지 알 수가 없었단다. 나무를 자르면 생강 냄새가 나서 생강나무라 했다고 들었어. 지나치면서도 겨를이 없

178

어 생강 향내를 음미해 보지는 못했네.

미사일에 맞으며 많이 아플까?

서울과 부산 길거리에서 거짓말하고 욕하는 사람들 모두 데려다가 마스크 공장으로 보내 미싱 돌리게 하고, 고고의 성을 울린 육아 돌보미 시키는 게 어떨까?

내일 날 밝으면 꽃놀이 가야겠어. 생강나무꽃이 얼마나 아름답게 피었을까? 꽃 향을 팔진 않겠지?

너랑 나랑 가끔 싸우기는 해도 욕하고 거짓말하지는 않잖아? 생강나무도 거짓말하지 않아.

목련 필 무렵

벚꽃 질 무렵,

　서울에는 벚꽃이 만발했다지? 100년 만에 가장 먼저 꽃이 달려온 이유는 뭘까?

　오늘도 코로나19 확진자가 500명 가까이 발생하여 아파하고 있는데 서울과 부산에는 인파가 넘쳐나네. 사적 모임은 5명 이상 안 되고 공적 모임은 괜찮다니⋯. 코로나바이러스가 사적 모임, 공적 모임을 구분할 수 있을는지 모르겠네?

　형아 집 매화가 이제 막 봉오리를 여는데 늦잠을 잔 거야?

　목련이 긴 겨울 혹독한 추위와 맞서면서 인내와 끈기

로 버티다가 드디어 여러 겹 표피 뚫고 순백의 미소로 신세계를 경험하지 우리 집 밭둑에 주인 아빠가 심은 두 그루 목련은 해마다 꽃을 피웠다가 꽃샘추위에 혼쭐 나고 일찍 지더라고. 내 마음이 다 아팠어. 올핸 제발 꽃샘추위가 인제 그만 왔으면 해.

내일 비가 오면 꽃은 어떻게 해? 우산을 쓸 수도 없잖 아. 선거는 우산 쓰고도 하겠지? 축구는 또 왜 일본에 3 대 0으로 졌을까?

서울에 벚꽃이 일찍 온 건 지구 온난화 때문이겠지만 코로나로 힘든 국민들을 위로하기 위함도 있어. 와 보니 신세계는커녕 온통 거짓말과 비난전이 난무하며 진흙 탕에서 싸우는 걸 보고 크게 실망했나 봐. 그래서 내일 비를 불렀나 보네.

노랗게 웃다가

　

형아 주인 아빠 어디 갔어? 아까 양복 차려입고 싱글
벙글 부리나케 가던데?

　　개나리가 노랗게 웃는 건
　　바람색 하늘이
　　곁을 주지 않을까 봐
　　골몰하다가
　　노랑 저고리 입고
　　세상을 보네

　　매화 아가씨

벚꽃 목련
자지러지게 웃다가
코로나바이러스
초미세 먼지에 놀라
창백하게 꽃잎 떨군다

산에 다다르니
세상을 먼저 본
산수유
생강나무꽃도
노랗게 질려 있었다

바람색 하늘
초록 바람 일으켜
하얗게
노랗게 웃는
선돌 동산 가꾸어 가세
－「노랗게 웃다가」

 하늘이 화났나 봐. 구름이 태양을 막아서네. 서울이 멀
까, 하늘이 멀까?

보고 싶어. 주인 엄마 서울 간 지 열이레째네. 아빠, 빨리 서울 가서 엄마랑 같이 내려와. 오늘 서울 가면 상도 받아 온다면서… 축하해요.

형아는 주인 아빠를 닮았나 보네? 시도 곧잘 짓네.

비가 와서 걱정이야. 서울에도 비가 온다나 봐. 만개한 벚꽃이 얼마나 춥고 아플까? 꽃으로 와서 사명을 다하지도 못하고 져야 하는 운명이라니. 주인 아빠, 집은 우리가 잘 지킬 테니 빗길 조심해서 잘 다녀오세요. 울보 쌍둥이 해인, 정인에게도 내 안부 꼭 좀 전해 줘.

서
울
까
치
집

서울에도 참새가 살까?

참나무에서 소나무로
부산하게 날며
건축 자재 물어 나르는
까치 부부.

쌍둥이 손녀 이사 간
아파트 앞 야산
은행나무 꼭대기 까치집
수리하느라 여념이 없네.

산수유 벚꽃 활짝 펴
재건축 까치집
예쁘게 지으라고
아롱다롱 춤추며 응원한다.

아이쿠! 내년에 야산 헐고
새 아파트 짓는다네.
까치집 어쩌나,
까치 가족 어쩌나?
－「서울 까치집」

형아 아빠, 내곡동 가 봤을까?

종두법의 창시자 지석영 박사님은 직업이 여럿이었다
고 해. 의사는 물론 법관이기도 했고, 교수였으며 한글
학자이기도 했다고 하네. 허준 박사님과 지석영 박사 같
은 선각자가 이 시대에 사셨다면 코로나가 발붙일 수도
없었을 뿐만 아니라 시시비비 가릴 일도 명쾌하게 해결
하지 않았을까?

오늘 밤 형아 혼자 무섭지 않을까? 내가 함께 지켜

줄까?

초미세 먼지 없는 세상, 코로나 없는 세상, 선거 없는 세상, 산을 짓뭉개서 아파트 짓지 않는 세상에서 살 수는 없을까? 그런 세상이 와야 참새, 까치가 이 산 저 산 자유로이 날며 처마 밑에, 은행나무 꼭대기에 집을 지어 마음 놓고 아기 참새, 아기 까치를 출산할 수 있을 텐데….

여드레

진달래 哀歌

천연두가 마마이면 상감마마, 중전마마는 굉장히 무
서운 사람이겠네?

　　유년의 뒤뜰에서
　　허기진 추억 먹고
　　멍울진 숨은 그림
　　오롯한 빈 가슴에
　　꽃잎
　　한 움큼 따서 먹다
　　해 지는 줄 모르듯

중년의 빈 뜰에는
직요민 짓누르고
구겨진 목젖으로
노을이 타고 넘네
꽃술
벌 나비가 탐하다가
떠나가 버린 빈 산
−「진달래 애가」

그린벨트가 뭐야? 네거티브는 또 뭐고? 영어는 너무 어려워. 영어 시간만 되면 졸음이 와. 나는 그냥 풀밭이 좋은데.

주인 아빠 마을에 우리를 치료하는 친구 아버지 수의사가 살고 계셨어. 집 옆 빈터에 차례로 줄을 서서 수의사한테 아빠가 불주사를 맞았대. 그게 천연두 예방 주사였나 봐. 달군 쇠로 살을 태웠으니까 얼마나 아팠을까. 다 큰 아이가 할머니 등에 업혀 울고불고 난리였대. 춘궁기 때라 배를 곯아 얼굴에는 마른버짐이 피고, 앞산에는 진달래가 만개하고.

짜장면 배달 시켜 먹었으면 될걸. 왜 배를 곯았을까?

주인 아빠가 모처럼 함께 탁구장에 간 엄마와 시합을 했는데 실력도 모자라고 체력이 달려서 지고 말았대. 택시 운전은 언제까지 할 수 있을는지?

별
이
달
다

가덕도에서 언제쯤 비행기가 뜰까? 나도 비행기 타보고 싶다.

해마다 보릿고개를 넘기란 숨이 턱에 차오를 정도로 벅찬 일이었지. 진달래는 허기진 기운을 되살릴 수 있는 귀한 먹거리였어. 그런데 진달래꽃이 아주 흔한 것이 아니어서 실컷 먹을 수도 없었다네. 양지바른 데서는 진달래가 꽃을 잘 피우지 않아. 주인 아빠는 고늑골까지 가서 진달래를 따와 동생들과 나눠 먹었다고 하네. 고사리 손으로 한 움큼 입안에 넣고 씹는 달착지근한 즙의 맛은 오묘했지. 벌레를 씹는 일도 허다했다 하네.

달나라까지 택시를 타고 갈 수 있을까? 택시비가 만만 찮겠지?

보다시피 선돌 언덕에 진달래가 만발했구나. 주인 엄마 아빠, 누구도 거들떠보지도 않는 것 같아? 한 송이 따 먹는 걸 보지 못했어. 요즘 진달래는 쓴맛인가? 초미세 먼지를 먹고 피어서인가?

내가 산에 가서 먹어 볼까? 꽃이 먹히고 싶지 않다고 하면 그냥 내려와야지.

춘분 지나
청명 무렵
진달래 익는 볕이 달다

냉이 순 꽃다지 먹은
아기염소 반그늘에
펑퍼짐하게 앉아
되새김질하는 표정 밝다

강아지 집
늘어진 복숭아나무 가지의

참새 부부
꽃을 부르는 노랫가락 맑다

나란히 앉은 장독대
된장 익는 소리
새끼손가락 찍어 맛보는
아내 표정 달다

졸음 쫓는 강아지
선돌 동산
청명 무렵 볕이 달다
－「볕이 달다」

여의도 농부

 여의도 농부, 땅을 내놓아 진짜 농부에게 제대로 농사 짓게 하든가, 자리 내놓고 제주도로, 전라도로 내려가 찐 농부로 참된 삶을 살든가 해야 하지 않겠어?

4월 초하루
벗꽃,
떨구는 살점배기도 매혹적이다
저 꽃처럼
눈부신 날 있었던가?
―「벗꽃처럼」

옛적엔 만우절에 119와 112로 거짓 전화하는 사람이 많았다고 하더데 진짜아?

놀고 있는 땅은 얼마나 속상한지 몰라. 겉보리 찰보리, 우리 밀을 가꾸고 싶고, 새콤달콤 자두나무도 키워 도시에 사는 손주에게 보내주고 싶은데. 가시넝쿨이 무성하여 범 키울까 봐 겁이 난다고 해.

땅은 거짓말을 하지 않는다면서. 그런데 그 땅 주인은 거짓말에 온갖 허욕을 몸에 두르고 있어?

윗물도 아니면서 윗물처럼 행세하며 사는 것이 과연 행복할까? 눈부시게 지는 저 꽃들처럼 큰 족적은 못 남길지언정 흙으로 돌아가 적으나마 나무의 밑거름이라도 되면 얼마나 좋을까? 그것이야말로 눈부시게 살다 가는 삶일 수도 있을 텐데. 정직한 땅에 거짓말하라고 윽박지르는 사람은 머지않아 땅으로부터 준엄한 꾸지람을 들을 거야. 이 자명한 사실을 왜 그들만 모르고 있는가!

열하루

이
발

사전 투표로 윗물을 뽑아?

몇 가닥 남은 겉치레
아내에게
머리 들이댄 후
테라스 의자에
홀랑
가슴 열고 앉았다

강아지 아기염소
나른한 오후

196

늘어진 수양벚꽃
꿀 따다 기웃기웃
벌 나비
하 수상한 광경 번갈아 본다

싹둑싹둑
잘려 나가는
나의 분신
바람에 쫓겨
산지사방 빠르게 흩어진다

아!
이제 남은 건
콩알만 한 자존심
아내는 연신
가위질을 한다
－「이발」

　가위바위보로 결정하든지, 시험을 보게 했으면 이처
럼 나라가 시끄럽지 않았을 텐데. 시기하고 싸우고 거리
두기도 하지 않는 저 사람들, 세상에 처음 나오는 꽃들

이 보고 뭘 배우겠어?

주인 아빠, 지금은 배도 나오고 머리칼도 빠져 볼품없게 늙어가지만 젊을 때는 엄청 잘생겼다고 하네. 엄마가 그 얼굴에 반해 시집왔다고 해. 그 시절 유명한 배우 뺨칠 정도였다는데 믿어야 할지, 말아야 할지? 아직 엄마는 콩꺼풀이 덜 벗겨졌나 봐? 이발하는 게 귀찮을 법도 한데 8년째 저렇게 집에서 아빠 이발을 해주고 있네.

형아 주인 아빠, 나를 엄청 좋아하잖아. 잘생긴 사람은 잘생긴 염소를 알아보나 봐?

수양벚꽃이 세상에 와서 벌 나비에 꿀을 따 가게 하는 목적이 있지만, 테라스에서 다정하게 이발하는 중년 부부의 행복한 모습을 보는 행운도 누리네. 서울, 부산 사람들의 싸우는 모습은 제발 보지 말고 떠났으면 좋겠어. 오늘은 마침 초미세 먼지도 보통 이하로 떨어져 지리산이 선명하게 보이니 참 좋네.

갑
질
하
는

지
구

박찬호, 추신수, 이승엽, 류현진. 이 삼촌들 뭐 하는 사
람들이야?

　　매화 지고 벚꽃 피고
　　벚꽃 가고 목련 오네
　　오는 건
　　꽃의 맘이지만
　　가고 싶지 않아도
　　떠나야 하는 꽃, 지구가 밉다

　　코로나 초미세 먼지

황사 비가 주룩주룩
가슴이 먹먹하다
눈을 닦고
귀를 씻고 씻어도
꽃잎 마구 떨구고 마네

서울 부산 사람들
시기하고 싸우고
거리 두기하지 않는
난리법석인 지구
뭘 볼 게 있다고…
허상만 좇다가, 그리다가
– 「지구의 갑질」

난 비가 싫어. 황사 비도 싫지만 신사 체면에 홀딱 비에 젖은 모습 싫어. 혹시 여자 친구가 어디서 보고 있을 수도 있잖아.

우리나라 프로야구가 40년을 맞는다고 하네. 오늘이 개막일인데 하필 전국적으로 비가 내려 취소가 됐다니. 별들의 잔치를 볼 수 없어 아쉽네. 돔구장 한 곳에서만

대회가 열렸다고 하지, 아마.

일본 고등학교 1학년 사회 교과서에 독도가 일본 땅이라고 기술되어 있다나 봐. 망령이 들어도 단단히 들었지. 넘볼 걸 넘봐야지.

밤새도록 비가 그칠 줄을 몰라. 꼬박 하루를 채우려나 보네. 염소 너, 집에 안 가길 잘했다. 억수같이 쏟아지는 비를 맞고 집에 갔으면 신사 체면 다 구겼을 테니까. 너희 집 복실이 누나는 경로 우대 차원에서 나랑 우리 집에서 자면 그만이다만 너는 지붕 덮인 원두막이든 비를 피해 아무 데서나 자려무나. 아까 장맛비가 쏟아질 때 천둥 번개도 쳤잖아. 너와 복실이 누나가 없었으면 엄청 무서웠을 거야. 셋이 우리 집에서 함께 자는 게 처음이잖아? 조상님들이 잠은 집에서 자야 한다고 했지만, 오늘같이 비 오는 밤에 벗 삼아 함께 자는 것도 괜찮긴 하네. 아까 번개 칠 때 벼락 떨어진 곳도 있었을까? 혹시 일본에도 우리나라처럼 천둥 번개에 소낙비가 내렸다면….

밤
비,
봄
비

지구는 얼마만큼 넓을까?

젖은 밤
젖은 가슴 안고
빗속을 느리게 걷는다
하늘이 내려와 쌓인다
바다가 솟구친다
바다가 솟구친다
꽃잎, 뜬눈으로
까만 밤을 닦는다
강아지도

하얗게 밤을 새우며
빗줄기에 매달리고
옆집 염소,
먼발치 처마 끝에서
강아지 동공을
뚫어지라 바라본다
드디어
젖은 밤이 일어선다
―「밤비, 봄비」

'나의 죽음을 적에게 알리지 말라.' 이 말이 영화나 드라마에서 이순신 장군이 노량 해전에서 전사할 마지막 순간 말했다고 하는데 정말일까?

아까 주인 엄마가 내 목줄을 풀어줬잖아. 엄마와 동네 아주머니들을 아빠가 마실 가는 길까지 데려다줬어. 내가 따라가 봤는데 아빠 택시가 총알택시인가 봐. 얼마나 빠른지 놓치고 말았어. 아마 하루에 지구 한 바퀴는 가뿐하게 돌고 오나 봐. 그럼 돈도 많이 벌겠지?

총알보다 화살이 빠를까?

이순신 장군께서 전사할 때 아마 이렇게 말씀하셨을

거야. '전쟁이 급하니 나의 죽음을 밖에 말하지 말라.'라고 말이야. 옆에 아들 이회와 조카 이완이 있었다고 했지만, 군관이 옆에 있었던 것이 맞을 거야. 아들과 조카한테 거짓을 말하라고 했을까?

내가 아까 목련나무 밑에 가 봤는데 꽃잎이 지면서 자두나무에 알리지 말라, 하지 않았어. 분명히 들었는데 '내가 지는 사실을 동료 꽃에 말하지 말라.'라고 하더군. 비 갠 오후의 선돌길 언덕이 너무 상큼하지 않니?

순백 잃은 목련

왜 이렇게 추워? 겨울이 다시 오는 거야? 오늘 아침에
추워서 혼났네.

고향 집
부뚜막 틈새
뀌뚤뀌뚤 눈먼 귀뚜라미
고운 목청 잠재울 때

여덟 폭 병풍
노송 품 안에
아기자기 둥지 튼 까치 한 쌍

군인 간 오라버니
기쁜 소식 입안 가득 물어다가
까욱까욱 반가이 들려준다

건넛마을
오두막집 꼬부랑 할배
워낭 소리 짤랑짤랑
달구지 끌고 장에 갈 제
대추나무 집 강아지
착한 아가 단꿈 깨우고

이 집 저 집
낮은 굴뚝마다
꾸물꾸물 피는 순한 연기
어둠 사르면
일벌은 꿀 나무 찾아 집을 나선다
―「아침 오는 소리」

　형아, 아까 복실이 누나하고 어디 갔다 왔어? 주인 집
의 닭을 물었다면서? 닭 꽁지를 빼놓고 닭을 혼내고 나
서 주인 아빠한테 혼났다고 하던데?

이 시, 나는 하나도 맘에 안 들어. 주인 아빠가 44, 5년 전쯤 군에 있을 때 썼다고 하는데, 계절도 불분명하고 억지로 꾸며서 쓴 거 같아. 지금 썼으면 더 잘 쓸 수 있었을 텐데.

선거가 이틀 남았다고 하는데 왜 하는 거야? 난, 서울 시장, 부산시장, 누가 되든 관심 없어. 내게 맛난 사료 주는 사람이 젤 좋아.

오늘 아침, 영하 3도까지 내려갔다나 봐. 주인 아빠가 올해는 꽃샘추위가 더는 안 온다고 했는데…. 목련꽃을 오래 감상할 수 있어 좋다고 했는데, 어쩜 좋니? 우리 집 목련꽃이 다 지진 않았지만 추위 때문에 순백을 잃었어. 불쌍해.

난, 형아에게 물린 닭이 불쌍해.

주인 엄마 아빠, 산나물 하러 가는 선돌 동산에 따라갔었는데 두릅도 따고 마타리 나물도 뜯고…. 나도 닭에 미안해. 그래서 나 스스로 다시 목줄을 채웠어.

공
룡
시
장

산토끼를 잡느니, 집토끼를 잡느니 하는데 선거 운동
을 하면서 죄 없는 토끼는 왜 잡아? 죄 많은 사람은 가만
히 두고….

봄은
꽃이 지고 나서부터 시작된다
시샘하는 이가 많기 때문이다

벌은 꿀을 따면서
꽃에 천천히 익으라고
은근슬쩍 부탁한다

208

아직은 사랑할 준비가
덜 된 걸 알고 있으니까

활활 뜨겁게 타오르는 정열보다는
익어 늙은 오이같이
더 필 수조차 없으면 어떤가
섶에 붙은 불은 금세 꺼지고
양은 냄비처럼 빠르게 식고 만다

짚불에 은근히 달궈진 뚝배기는
쉬이 식지 않는다
꽃이 질 무렵 불을 댕겨도
다 태울 수 없는 것이
우리의 일생이다

진정한 봄은
꽃이 지고 오이가 익어
노각이 된 후에 온다
그래도 끝 사랑은
한 뼘 이상 꼬리가 남는다
-「한 뼘 꼬리」

꽃향기 가득한 집에는 꽃이 몇 송이나 피어있을까?

토끼를 잡은 사람은 다 떨어지고 기호 0번 김공룡 후보가 당선됐으면 좋겠어. 온실가스를 줄이고 그린 도시를 만들겠다는 후보가 얼마나 멋지냐고? 초식 공룡이 서울시장이 되면 관용차도 필요 없을 테고 관사 따위도 필요 없을 거야. 깎은 산은 원상 복귀하고 나무와 풀이 자라면 토끼가 돌아오고, 너희 같은 염소도 서울 시내로 가서 활개 치고 다닐 수가 있지 않을까? 그야말로 지상낙원이 되는 거지.

서울의 그 많은 사람과 차들은 어디로 보내면 될까?

아무튼 오늘 저녁 8시 전에 각자 서울과 부산으로 가서 0번 공룡 후보에게 투표하여 결판을 내자! 우리의 마지막 사랑은 서울과 부산의 공룡 공화국, 지상낙원에서 맞이하는 거야.

신
방
차
리
던

날

형아, 투표하러 왜 안 갔어? 그거 봐. 우리가 투표하지
않아서 공룡이 떨어졌잖아.

우리 집 강아지가
신방을 차리던 날

하늘엔 새 별 뜨고
자두꽃 벙글더니

알알이
별이 내려와 박힌

깜둥이의 해산 날
— 「자두 익을 즈음」

형아가 우리 복실이 누나랑 신방 차리느라 투표 못 한 걸 알고 있어. 모른 척했을 뿐이야. 내가 어리다고 눈치까지 없는 줄 알아? 염소 눈치 백 단이란다. 난, 달려서 서울까지 갈 수가 없었어. 형아 주인 아빠가 택시를 태워 주지도 않잖아. 사실은 택시비가 없었지.

서울 인구를 당장 반으로 줄이기는 어려울 거야. 지방으로 분산시켜야 해. 우리 마을로 서울 사람 이사 오면 대환영이야. 당연히 직장도 가지고 와야지.

난, 우리 마을에 공장 들어오는 것은 반대야. 초지가 줄어들면 염소가 뜯어 먹을 풀이 없잖아.

서울의 차는 크게 마음만 먹으면 10년 안에 반으로 줄일 수 있을 거야. 탄소 배출량을 그만큼 줄이고 녹지대를 만드는 서울시장이라면 우리나라 윗물도 될 수 있어.

등불

아스트라 뭔가 하는 백신 접종을 중단했다 하던데 이
유가 뭐야?

투표용지에 붉은 글씨로
흔적을 남기는 것이
나무에 꽃등이 꺼지고
연둣잎이 돋았다가 초록으로
변해가는 짧은 순간과
아주 다르지가 않다
연두에서 초록으로 가는 길목엔
찰나가 작동한 걸

아무도 감지 못 했으리라

내가 자란 고향 마을 회나무는
매일 밤 등을 밝혀
나무 밑을 스쳐 간
초록들을 기다리고 있었지만
다시 돌아오는
손자에 손자에 손자는 없었다

몸에서 떨어져 나간 꽃잎 하나가
고목을 살릴 수도
넘어뜨릴 수도 있다
처음부터 꽃잎이
바람에 실려 방황의 길로
들어선 것은 아니었다

역풍이 불어
태어난 곳으로 돌아가기란
1만 분의 1도 안 된다는 사실을
몰랐기 때문이다
초록이 빨갛게 단풍으로 물들어
설사 돌멩이가 된다 해도

낙엽 되는 날
뜰 안에 등 하나 걸어둘 일이다
─「등불」

공정과 정의, 상식이 통하는 사회는 어디에 있는 거야?

아스트라제네카 백신을 안 맞는 것보다 맞는 것이 이득이 많단다. 피가 응고하여 사람의 목숨이 왔다 갔다 한다는데도 말야. 외국 눈치만 보고 있다가 여러 나라가 접종을 중단하니까 우리나라도 따라서 중단은 했는데, 다시 접종을 시작하려는가 봐. 그 이유가 '맞는 것이 이득이 많아서'란다. 영어를 그대로 번역해서 따라서 하네. 어느 누가 될지도 모를 몇 사람은 희생되어도 좋다는 건지, 뭔지?

사실은 우리에게 투표권을 안 주는 바람에 공룡에 투표할 수가 없었어. 나쁜 사람들이야. 김공룡 후보 0표.

이번 선거는 패한 자는 있어도 승리한 사람은 없었어. 어제까지만 해도 싸우고 야단법석이더니 오늘은 무슨 겸손이, 무슨 성찰이 그리 많아? 보름도 못 가서 까맣게 잊을 텐데….

내
로
남
불

　최소한 보름은 갈 줄 알았는데 하루 만에 남 탓하는 사
람 뭐야?

　　내리는 꽃비가
　　아무리 눈부셔도
　　오랜 가뭄 끝에 내리는
　　비만큼 달까?

　　로맨스의 달콤하기야
　　단비에 버금가겠지만
　　광 속의

216

도낏자루는 썩는다

남쪽에서
귀인이 나타난다는 말에 속아
남의 집 담 너머 기웃거리다가
여왕벌에 들켰다

불장난인 줄 모르고
수벌을 사랑한 죄 한량없어
여왕벌이 일벌이란 이름을 내려
평생 일만 했다는 슬픈 이야기
－「내로남불」

　지금이 겨울이야, 봄이야, 여름이야?
　미국 신문에 우리나라 서울시장과 부산시장 선거 결과를 보도하면서 내로남불naronambul을 꼬부랑글씨로 쓰고 '내가 하면 로맨스고 남이 하면 불륜'이라고 친절하게 설명까지 달아놓았다고 하네. 참으로 부끄러운 일 아니겠니? 수출할 게 그렇게 없었을까? 외국인들이 대한민국 사람들을 보면 내로남불을 먼저 떠올린다고 생각하니 강아지의 얼굴을 들 수가 없네.

형아와 우리 집 복실이 누나의 사랑은 로맨스야, 불륜이야?

닭은 일부다처제라고 들었어. 너희 염소도 마찬가지 아니야? 남자들은 엉큼해. 농업기술센터에서 우리 집에 토끼가 세 마리 이사 온 적 있었는데 남자 둘에 여자 하나였대. 두 남자가 한 여자를 놓고 서로 차지하려고 매일 싸웠다나 어쨌다나? 하여튼 그 가정은 오래가지 못했다고 하더라.

소
가

웃
는

다

서울과 대구에서 주인 엄마 아빠 손자들이 온다고 했
지? 누나는 참 좋겠어. 맛난 것도 먹고 동네 한 바퀴 산
책도 할 수 있잖아?

외가 온 하준이는
누워 밥을 먹으면
소가 된다니까
고개를 갸웃한다

올봄에
학교에 간 손자에게

거짓말쟁이 할배

반세기도 훨씬 전
우리 할배는 내게
누워 밥을 먹으면
소가 된다고 하셨다

오늘도
소가 되지 않고
호탕하게 웃는다
－「소가 웃는다」

　윗물도 아닌데 윗물인 줄 아는 사람들이 소가 웃을 일
을 또 감행했다면서…. 그 사람들 왜 그래? 뭐가 그렇게
초조할까?
　너, 염소도 깜박 속았지? 사실 나는 남자가 아니고 여
자인데 주인 엄마 아빠가 남자로 착각을 하고 지금까지
남자 취급했어. 남자가 아닌 걸 진작부터 알긴 했지만
아들이 없어서인가 그냥 나를 아들로 받아들였어. 나도
엄마 아빠의 아들로 크는 것이 나쁘지 않았는데 너희 집

복실이가 우리 집에 며칠 머문 후 신방을 차렸잖아? 이젠 더는 남자로 살 수 없게 되었어.

요즘 복실이 형아, 집에 와서 잠을 자던데 사랑이 식었나 봐? 하루에 고작 몇 번 마실만 다니고….

조카들이 와서 재미있게 놀았어. 간식도 가져왔더라고. 생전 처음 먹어 본 기다란 막대 같은 과자 맛 정말 오묘했어. 엄마 아빠는 강아지 과자가 있는 줄도 모르고 있었나 봐. 옛날 사람이어서 그런가? 사료만 먹고 크는 요즘 소는 웃을 일이 전혀 없는지 몰라도 옛날 사람 아빠는 소가 웃는 걸 여러 번 봤다고 하더라고.

밀물
썰물

밀물 썰물은 왜 있는 거야?

대구서 서울에서
손주들 온다기에
첫새벽 부산하게
이슬로 눈곱 닦고

왕자님
오시는 길목
다소곳이 앉았다

내 뜰에 홀로 앉아
동구 밖 내다보며
나비가 오시는 길
노랗게 닦고 있다

민낯을
분칠하느라
낮잠 한숨 못 드네
―「민들레 개화기」

　오늘부터 아스트라제네카 백신 접종을 재개한다고 들었는데 사실이야?

　너도 보았다시피 어제는 동네를 한 바퀴 산책했고, 오늘은 하준, 하솔, 해담이와 함께 앞산을 한 바퀴 돌았잖아. 아이들이 좋아하니까 나도 덩달아 신이 났어. 솔이는 도토리 두 개를 주워서 좋아했고 준이는 아버지와 두릅도 땄어. 담이는 보채지도 않고 산을 잘도 타네. 보라색 제비꽃이 신기한가 봐.

　'서른 살 미만은 이득이 없고, 서른 살 이상 예순 살 미만은 안 맞는 것보다 맞는 것이 이득이 훨씬 크다.'라고 발표하고 있는데 정확한 임상 결과 맞아?

아이들이 떠들썩할 때는 사람 사는 것 같았어. 강아지 나도 신났는데 썰물처럼 빠져나가고 나니 너무 심심해. 언제 또 올까? 아인이와 쌍둥이 두 동생이 너무 궁금하네. 몇 밤 자고 나면 외가 나들이 오려나? 보고 싶구나. 주인 엄마까지 서울로 상경했잖아. 어쩜 좋아? 아빠가 말을 잃어버렸네.

비

비가 왜 이렇게 자주 내려? 누나, 작년 봄에도 올해처럼 매주 비가 내렸어? 난, 비가 싫어. 염소 비 싫다니까!

세상이 온통 지붕이었다면
비가 이 땅에
올 생각을 하지 않았을 것이다

하늘이 지붕이었고
구름이 지붕이다가
벽이 지붕을 쌓기 시작하였다
그 무렵 하늘로 오르는

사다리 만드는 기술을 터득했고
한 계단 한 계단 꼭대기로의
질주 본능이 되살아났다

그제야 때가 왔다는
사실을 알아차렸다
헐거워진 욕망은
서서히 사다리를 내려왔다
그 순간 쌓았던 벽은
무참하게 무너져 내렸고
비는 아래로
허욕을 무진장 쏟아부었다

그렇게 해서 내리기 시작한 비는
나뭇잎을 뚫고
바람을 요리조리 비켜서
땅 위에 닿을 수가 있었다
그러고는 땅속으로 땅속으로
누구에게 귀띔도 하지 않고
나무뿌리를 찾아 걸어 들어갔다
－「비」

자유가 없다는 건, 있을 때 소중하다는 사실을 깨닫지 못하고 함부로 써 버린 자신에게 채찍 들어 크게 나무라는 일인가 싶네. 옆집 할머니가 깔아놓은 비닐을 뚫고, 누나 집 정자를 갉아 먹은 잘못 때문에 어제부터 나도 목줄이 채워졌어. 이렇게 비가 오는데 뒷산 소나무에 묶여 비에 두들겨 맞고 있네.

오늘부터 아스트라 백신을 다시 접종하기 시작했다는데 제발 부작용이 없어야 할 텐데…. 우리나라도 곧 백신이 나온다고 하지 아마….

누나 아빠, 돈 벌러 가실 때 우리 아빠 들에서 돌아오실까?

너희 주인 아버지 일에서 돌아오지 않은 거야? 비는 오고 싶어 오는 것이 아니고 만물, 즉 식물과 동물, 사람이 살아가는 데 꼭 필요하기 때문에 하늘이 적당한 시기에 내려주시는 선물인 셈이지. 화가 나면 혹독하게 가뭄을 내리기도 한단다.

나무의 묵언

코로나에 꽁꽁 묶인 지구촌, 사람들과 우리 가축들, 잘못은 크다지만 대책 없는 현실이 안타깝고 답답해 죽겠어. 오늘도 7백 명 넘는 사람들이 양성 판정을 받았고 세상을 버린 사람도 몇 있네. 염소도 뾰족한 수가 없구나.

유하사遊夏寺 앞
꽃 지는 나무는
일가 이룬 중년 여자의
자태만큼 안정적인
완숙미를 발산한다

해 넘을 무렵
큰 궤적 그리는
호랑나비 한 마리
다시 피는 연두 잎이
다가가 안는다

봄바람에 얹혀
노을 지기 전
두둥실
꽉 잡고 하늘에 올라
구름 조각 품었다

산기슭 분꽃나무
창대하게 팔 벌린 버드나무
처음 발길 낯설지 않다
전생에는
악어와 악어새쯤이었을 거야
-「나무의 묵언」

비 그치고 나니 한결 지리산이 가까이 보여. 하늘에서

파란 물감이 쏟아질 것 같아. 조금 싸늘한 것 빼면 완벽한 봄날이구나.

너와 내가 어쩔 수 없는 운명으로 거리를 두고 각각 목줄을 채우고 있지만, 우정만은 변치 말았으면 해. 사람보다 시력은 좀 모자라지만 청력이 뛰어나기 때문에 난 너의 속삭이는 말도 선명하게 들려. 그러니까 내 흉볼 생각은 애초에 말아.

처음엔 목줄 채운 주인 아빠가 원망스러웠는데 하루 이틀 지나니까 괜찮네. 내 운명이겠거니 적응해 나가는 수밖에 별도리 있겠어?

저 산의 소나무라고 왜 불만이 없을까? 재선충 없고 바닷바람 쏴아 불어오는 울진 불영계곡 근처에서 금강송으로 자라 대웅전 기둥이 되고 싶지 않을까?

시
장
이

반
찬

매·애·애·애! 매애 애애….

권태사길 기슭 산벗꽃은
스무닷새 동안 핀다
깊은 계곡 구석구석
고목과 바위의 울림에
떨림을 경험하며 꽃을 피웠다

새들의 해맑은 목소리에 취해
꽃잎, 늙을 겨를이 없었다
산속 맑은 소식 대처에 물어 주고

오는 길에 묻어온 코로나 따윈
솔잎 바람이 헹구어 낸다

새들도
청량한 물소리 듣다가
나이 먹는 걸 잊었다
복숭아꽃 설유화
왔다 가는 줄도 모르고

초록임 오시는 길 따라
두루마기에 갓 쓴 양반
말발굽 소리 듣고서야
꽃잎, 등 내려놓고
새들 잠재운 후 떠날 채비한다
　　　－「권태사길 벚꽃」

　매・애・애・애! 매애 애애….
　왈 왈왈! 왈 왈왈! 염소 너, 무슨 일 있구나! 목줄이 꼬
인 거야? 목줄이 어디 걸린 거야? 여기서는 거리가 있어
정확히 파악은 안 되는데 위험에 처한 게 틀림없구나!
너희 주인 아버지, 일 가셔서 돌아오지 않은 모양인데

우리 주인 아빠라도 보내볼 테니까 잠시만 기다려. 망망! 망망! 우리 아빠, 차 몰고 내려가셨어.

일본이 아직 정신을 못 차린 거야? 후쿠시마 방사능 오물을 바다에 방류하기로 했다고 하는데 있을 수 있는 일이야? 우리나라와 가장 가까우니까 가장 큰 피해가 우려되잖아. 우리가 말한 적 있지? 일본을 우주 밖으로 보내야 한다고….

너, 괜찮은 거야? 우리 아빠가 구해줬어?

철조망에 걸리고 철봉에 줄을 감아 목매달려 한참 있었네. 배도 고프고 죽는 줄 알았어. 온종일 쫄쫄 굶었잖아. 누나네 사료도 먹을 수 없고. 누나네 아빠한테 고맙다는 인사할 새도 없다. 지금부터 아무리 부지런히 먹는다고 해도 배를 다 채우기는 틀려 버렸어. 인동 덤불, 쑥, 두릅, 양지꽃… 모두 맛나네. 시장이 반찬인가 봐. 매애애애….

멍멍멍 멍멍멍.

죽
단
화

누나 주인 아빠한테 고맙다는 말 다시 한번 전해 줘.
어제 경황이 없어서 제대로 인사도 못 했어. 밤에 곰곰
이 생각하니 생명의 은인인데 도리가 아니었어.

　(1)
　할머니는
　백내장을 앓아 30년간
　뜬 눈으로 세상과 결별하셨다
　민며느리로 일곱에
　방랑벽이 심했던 할아버지 만나
　반세기 동안 기다리는 삶을 사셨다

군에 간 맏손자를
기다리다가 여든일곱에
박 씨라는 이름도 지우셨다
호적부에는 백열일곱 살
30년간 남의 생을 사셨다

막냇동생이
할매, 이름이 뭐로? 하니 영옥이란다
한 번도 불러 준 적 없는 그 이름
면서기는 박 씨만 기억한다
할배는 알고 계셨겠지

　(2)
앵두꽃 질 때 죽단화 핀다
자두꽃 질 때 배꽃 핀다
경자 누나 닮은
백옥 같은 배꽃은
작은방 창가에 뜬눈으로 지새운다

발갛게 앵두가
매혹적으로 익어가는데도

새콤달콤 자두가
탐스럽게 익을 때도
그늘에서 죽단화 핀다

그 누가
이름 한 번 불러 주지 않아도
봄이 다 가도록 둑 아래 머물다
불평 한마디 없이
개나리 꽃잎처럼 노랗게 진다
―「죽단화」

  누워서 침을 뱉으면 어디로 떨어질까?

  매듭은 풀기 위함일 수도 있지만 그렇지 않을 수도 있어. 실과 노끈 따위로 잡아매어 마디를 이루거나 공예품을 만들면 완성품이 되는 것이고, 맺히거나 꼬였다면 반드시 풀어서 소통해야 하지. 너, 어제 풀 뜯기에만 신경 쓰다가 찢어진 철조망에 걸리고, 철관에 계속 감겨 옴짝달싹 못 하고 매달려 있었잖아. 풀어야 할 때 감기만 했으니, 우리 가축의 한계인가?

  사람들이 백신을 다 맞고 나면 우리도 맞을 수 있을

까?

　누구든 세상에 왔다 가면서 이름을 남기고 싶어 하지. 사람은 나름대로 이름 석 자 앞에 위대한 수식어를 달고 싶어 하고, 동물들도 용맹한 호랑이처럼 뭔가 획을 긋고 싶단다. 그런데 욕심이 과하면 죽은 뒤에도 그 이름에 먹칠이 된다는 사실을 인식 못 하고 헛된 삶을 사는 이들이 많아. 우린 그냥 평범하게 강아지와 염소로 살다가 미련 없이 떠나는 게 어때? 저기 가로등 아래 죽단화는 해마다 때가 되면 노란 꽃으로 와서 누가 관심 가져 주지 않아도, 이름 불러 주지 않아도 해마다 오잖아. 화려한 배꽃에 가리고 빨간 앵두 뒤에 숨죽이고 피지만 불평 한마디 없이 이맘때가 되면 변함없이 왔다가 질 때 그냥 죽단화로 지더라.

스무닷새

달
맞
이
꽃

'윗물이 맑아야 아랫물이 맑다'라는 속담을 수정해야
할 것 같아. 아무리 윗물이 맑아도 하류로 내려가면 탁
해질 수밖에 없을 정도로 환경이 오염돼 있는 까닭에 시
대에 맞게 바뀌어야 하지 않을까?

　　이슥한
　　달 기운 밤
　　못난이라고
　　불러 주고 싶어도
　　내 곁을 떠난 지 하세월
　　희미한 기억 속에 떠도는

238

가물가물 너의 이름 입에서
맴돌다가 사라져 갈 뿐이네
기러기 날며 밤길 밝혀도
장미가 봄을 먹기 전에
별이 내려와 쫴도
달 뜨는 7월
그대 품속
그리네
－「달맞이꽃」

접시꽃 당신은 어디에서 필까요?

윗물이 탁류니까 아랫물은 더 탁하다, 라고 고쳐 쓰는 게 좋을 듯싶다. 우리가 죽기 전에는, 아니 죽은 후라도 쉽게 이 말을 고칠 필요가 없을 듯하다. 어찌어찌하여 세상은 탁해만 가는가? 그 영문을 알다가도 모르겠다. 이름 없이 사는 민초들이 설 땅도 없어지는 현실이 안타까울 뿐이네.

달도 차면 기울고 꽃도 피면 지는 게 순리거늘, 차고 피면 기울 줄도 질 줄도 모르니 낭패 아닌가?

올챙이가 자라서 개구리란 이름을 얻고, 달맞이 풀과

접시 풀이 자라 꽃을 피워야 본연의 달맞이꽃과 접시꽃을 완성한다네. 강아지가 부모가 되어야 개가 되고, 어린 염소가 뿔이 제대로 완성되어야 염소가 되는 이치와 같아. 달맞이 풀이 성숙 단계에서 힘듦을 견디지 못하면 이름도 불리기 전에 도태하고 말지. 세상에 왔으면 동물이든 식물이든 반드시 존재 가치를 알리고 떠나야 하지 않을까?

내
집
이
궁
전

'남의 집 궁전보다 내 집 오두막이 낫다.' 이 말을 누가
했을까? 바보 아니야? 난 궁전에 살겠어. 오두막은 싫어.

키 작은 달맞이꽃
내 뜰에 모셔 놓고
이슬에 젖을세라
염소에 먹힐세라
온종일
키다리로 곁에
붙박이로 섰노라

울 아가 쌔근쌔근
깊은 잠 빠져들 제
초승달 따.가지고
문 앞에 걸었더니
아가의
꿈속 노랗게
달맞이꽃 필 적에
−「달맞이꽃 소묘」

　동해 물과 백두산이 마르고 닳으면 일본 사람들이 방사능 오염수를 버릴 수 없지 않을까?

　제철 음식이 몸에 좋은 건 주지의 사실이지. 냉이와 쑥은 대표적인 봄나물이란다. 염소 년, 우리 집 정자 난간도 마구 갉아먹곤 하던데 나무가 무슨 맛이야? 널린 게 제철 풀인데 별 영양가도 없어 보이는 나무는 왜 먹어? 인고의 겨울을 견디고 돋아나는 냉이와 쑥은 엽록소에 비타민 C를 많이 함유하고 있어 사람에게도 염소에게도 원기를 북돋워 주는 제철 대표 나물이야. 딸기를 2월 제철 과일로 아는 사람들이 많은데 아직 꽃도 피지 않았어.

청춘은 나이에서 오는 것이 아니라 마음에서 오는 것이라네. TV에 그렇게 나오는데 맞는 말인지….

아가는 제집에서는 쌔근쌔근 곧잘 자지만 잠자리를 옮기면 보채고 잠을 잘 자지 않는 법이란다. 서울 자식 집이 아무리 대궐 같아도 시골 내 집이 좋은 건 당연하지. 주인 엄마가 서울에 며칠씩 다녀올 때마다 나를 붙들고 네가 있는 우리 집이 제일이라고 말씀하셨어. 염소 년, 너희 집이 젤이고 난, 내 집이 궁전이야.

내
일
은
해
가
뜬
다

해는 왜 동에서 떠서 서로 질까? 남쪽에서 떠서 서쪽
으로 지면 안 될까?

저 강물은
어디로 가는가
거슬러 오르면
물고기의 모천을 알 수 있듯이
본향은 어렵지 않게 찾게 될 것이다
반항아들이 엄마 품 안을 탈출하여
저벅저벅 걸어 나올 때처럼
샘물은 자유를 만끽한다는 명분으로

244

강에서 또 다른 강과 합류하여
험로인 줄도 모르고 겁도 없이
길 위에 선다
하나같이 히어로의 꿈을 안고
길을 나섰지만 오래지 않아
망상이라는 사실을 알고 만다
바다에로의 길이 막혀 있었다
기형 물고기들이
괴물로 탈바꿈한 상어가
높은 벽을 쌓았다
영문은 알 수가 없다
저 강은 어디로 가는가
우리는 어디로 흐르는가
— 「내일은 해가 뜬다」

　사람들은 바퀴벌레를 먹겠다는 생각은 왜 안 해봤을까?

　멍게는 유충일 때는 움직이지만 어느 정도 자라 집을 지으면 움직이지를 않는다고 하네. 그래서 더는 필요 없게 된 자신의 뇌를 먹어 버린대. 참으로 현명한 멍게 아니야?

행복의 개인차는 50%가 유전적 요인에 의해 결정된다고 하는데 도대체 무슨 말인지 모르겠네. 나의 행복은 누나의 사료를 함께 먹는 것과 들에서 유유자적 뛰어놀며 풀을 뜯어 먹는 것인데.

동쪽에서 해가 떠서 서쪽으로 지는 현상은 지구의 자전과 공전 때문 아닐까? 만일 해가 서에서 동으로 진다면 어떤 현상이 벌어질까? 우리 가축의 수명은 5백 년쯤 될 것이고 사람의 수명은 2천 년쯤 될 거야. 바다는 물보다 물고기가 많아 넘칠 것이 뻔해. 몇 년 안 가서 사람들은 누워 잘 곳이 없어 나무처럼 서서 자야 할 거야.

가
시
오
갈
피

거미는 자신의 몸무게보다 서른 배나 되는 소라 껍데
기를 집으로 사용하기 위해서 들어 올리더라고. 몸에서
뽑은 거미줄을 이용하는데 그 지혜가 첨단 기술 시대의
인간 머리를 능가하더라.

뜨거운 맛에 된장 버무려
초로와 겸상하고 앉았다
오묘하든 향기 나든
맛이야 부부의 허가 굴러
씹고 씹으면 우러나겠지만
가시가 숨은 건

쉬이 알아차릴 수 있을까
긴 듯 짧은 듯 걸어오면서
가시 돋친 말 날개 달린 말
몇 번이나 했는지
서로 얼굴 마주 보며
히죽히죽 주억주억
미루어 짐작해 볼 뿐이네
－「가시오갈피」

　해가 서쪽에서 뜨는 날은 곧 지구의 종말이란 말을 하
고 싶은 거지, 누나는?

　말에도 가시가 돋듯이 식물이든 사람의 마음속에도 가
시가 박혀 있어. 보이지는 않지만 대부분의 식물은 가시
를 숨기고 있지. 노출하지 않을 뿐이란다. 오가피와 두
릅, 엄나무 같은 식물은 너와 같은 동물들로부터 몸을 보
호하기 위해 진화하면서 가시를 몸체 밖으로 끄집어낸
거지. 염소 너는 두릅의 가시쯤은 곧잘 순과 함께 먹어 치
웠잖아. 두고 보면 알 일이지만 두릅은 엄나무보다 더 강
력한 가시로 재탄생할 거야. 염소한테 먹힌 게 억울했을
테니까.

찔레 순은 맛난 먹거리 중 하나야. 그런데 장미는 왜 아직 필 생각을 않는 걸까?

곤충들은 가시는 아니지만 독을 품고 있는 경우가 많아. 곤충으로 분류하기는 힘들지만 대표적으로 독거미가 있어. 몸집이 큰 먹잇감이 거미줄에 걸리면 독으로 제압하곤 하지. 조선 시대 여인네들은 은장도를 지니고 다녔다고 하네. 나는 남자가 하나도 안 무서운데….

할
미
꽃

진화는 느리고 점진적 과정이라고 했으니 아마도 두릅
나무는 다음 세기에나 가시가 더 발달하지 않을까?

선돌 언덕 민들레는
달 지는 새벽에 왔다가
서산 너머 노을 지면
서둘러 노란 잎 접는다
할미꽃은 밤에도 핀다
또르르 구르는
은구슬 받아 꽃술 닦고
풀어헤친 머리

한 올 한 올 곱게 빗어
　　꼬부랑 길 한 고비 넘은
　　젊은 할미는
　　꼬박 밤을 지새운다
　　진 꽃 핀 꽃 필 꽃
　　손주들에게 고개 들어
　　방긋방긋 인사 건네며
　　아침에도 피는 할미꽃
　　―「할미꽃」

　식물원을 엿봤는데 수백 수천 종의 꽃이 제각기 향을 내뿜는 바람에 정신이 혼미했어. 난 한 송이 꽃도 먹질 못했다니까.

　사실 두릅이 어떻게 진화할지 정확하게 아는 사람은 없어. 너와 같은 염소와 산양, 고라니, 사슴 같은 동물들이 맛난 잎을 감지하고 계속 성가시게 굴면 접근할 수 없게 가시가 뿔로 진화할 수 있다, 짐작할 뿐이지. 소나무는 수천만 년 전에 이상한 키 큰 나무에서 진화하여 현재에 이르렀다고 해. 그런데 재선충 등의 수난으로 곧 지구상에서 사라진다는 진단 앞에 슬픔을 금할 길 없네.

할미꽃도 향기가 있겠지? 동산에 핀 걸 보았는데 먹어 보진 않았어. 왠지 아껴 두고 지키고 싶더라고.

너와 나. 염소와 개도 진화를 거듭하여 잘났지만 인간도 마찬가지야. 문제는 기계 즉, 로봇이 인간 두뇌를 능가하기 시작했다는 거야. 사람이 가시 없는 두릅나무를 개발했듯이 AI가 사람의 성별은 물론 외모, 인성까지 바꾸어 버릴지도 모르는 일이니, 이거 큰일 아닌가? 진화를 가장 않은 식물이 할미꽃일지도 몰라?

꽃
보
다

모
과

백두대간에 머지않아 소나무가 사라질지도 모른다고
하니 어이가 없다고 해야 하나, 마냥 슬퍼만 해야 하나?
겨울에는 유일하게 녹색인 소나무 잎을 먹는 재미가 쏠
쏠한데 그 소나무가 사라진다고 하니 염소도 슬퍼.

햇귀는 모과꽃이
나비를 닮았다네
흰나비 꽃에 앉아
살포시 꿀을 따는
그 모습
화폭에 곱게 담아

석 달_ 앉은뱅이꽃 서서 걷다 253

내게 들려주었네

연분홍 모과꽃이
잠결에 몰래 드네
창가에 속삭속삭
지난밤 왔던 달님
봄소식
나무에 걸어 두고
꽃만 피고 떠났네

달님이 놀다 간 후
씨방이 밑씨 품네
나비가 꽃에 들자
얼굴을 붉히더니
잘생긴
옥동자 점지했다
봄바람에 전하네
　　　－「모과꽃」

　풍란은 백두대간에서 자연 그대로 자라고 싶을까, 사
람이 데려와서 보호받으며 화분에서 자라고 싶을까? 1

억이 넘는 풍란도 있다고 하던데 정말일까? 염소 까무러 치겠네.

산의 흐름을 파악하고 인간의 생활권 형성에 미친 영향을 고려한 인간과 자연이 조화를 이루는 산지 인식 체계가 백두대간의 개념이라고 할 수 있어. 일본엔 벌써 소나무가 사라졌다고 해. 백두대간의 산림을 보존하고 소나무를 지키기 위해서는 재선충 방제도 중요하지만, 산림 훼손을 더는 해서 안 돼. 산을 깎아 집 짓고 도로 내기 위해 터널 뚫는 일도 중단해야 해.

AI와 미래 농업에 관해 공부했는데 너무 어렵고 아리송해. 염소 머리로는 이해가 안 가.

값비싼 풍란이 자연에서 자라다가 염소나 사슴을 만나면 먹히기 전에 졸도하는 일이 발생할지도 모를 일이야. 그래도 풍란과 소나무는 백두대간을 떠나고 싶지 않아. 모과는 못생겨서 모과인가? 염소 너, 모과 먹어 봤어? 맛이 어때?